お呼びでしょうか

―私は死神でございます―

永井治郎

青山ライフ出版

もくじ

第1話　二輪草、パリに散る

枯木野満　八十三歳

蔦《つた》の葉が玄関付近や窓、屋根と、所構わずびっしりと這い、まるで家全体がそれらに搦《から》め捕られているようでございます。かろうじて玄関戸が開閉できるところが、人が住んでいる証なのでしょう。わずかに開いているドアから内に入りますと、途端に糞尿と黴《かび》の交じったむっとする臭気が鼻を襲い、生温かな、ねっとりした空気がじんわりと私の体にまとわりついてきました。

周囲を見渡しますと室内は昼間でも薄暗く、衣類や書籍、新聞、ゴミ袋など、足の踏み場もないほど散乱しておりますなぁ。

私はこれまで色々な環境のお宅を訪問してまいりましたが、最近にない悪環境の中に、本日の依頼人はお住みのようでございます。

さて、本日お呼び立て下さった方は……。私がゴミ山と化した部屋を通り抜け、奥の部屋に向かっていくと、いました、いましたよ。壁に面した部屋の隅のベッドに、顔に毛布を掛け、ゴウゴウと牛ガエルのように鼾《いびき》をかいて眠っております。彼が本日、私が目指す依頼人でございます。昨夜、天上界から娑婆《しゃば》を見ておりますと、点滅する彼からの自死サインを見つけまして。多少の野暮用を抱えておりましたが、早々と済ませ馳せ参じた訳でございます。

あっ、私ですか？　これはこれは自己紹介が遅れ、誠に申し訳ありません。私は皆様方が忌《い》み嫌う死神でございます。しかし、こう言ってはなんですが、ある人たちにとっては私の存在を助けの神と崇《あが》め立てていることも事実ですので、私は自分の仕事に誇りを持って行動しております。

それといいますのは、西欧のキリスト教で広く流布する教義では自死、つまり自殺が強く禁止されているようですが、日本ではちと考えが違っていると私は思うからです。

古代、中国より日本に伝来した儒教の影響を受け、儒教道徳が広く封建教学として日本人に根深く浸透し、特に戦乱のなかった江戸時代に入って、安定を請け合い、社会の秩序を保つ機能を持つ朱子学として確立したのでございます。

それは農工商の上位に位置する武士階級が、下層階級の生活模範として徳を実践し、さらには君主に対しては、恩義のためには生命を捨てる心構えであり、それによって罪を償うために、あるいは責任感から切腹、すなわち自死を良しとされていたのでございます。また、下層階級においてもやむにやまれず、人情の板挟みになって死を選ぶ心中などの事例が日本には多くありました。

そのような人々、つまりやむにやまれず自殺もしくは自死する人々にできるだけ苦しみの負担を除き、心安らかに天上にお導きいたすのが私の使命と心掛けている所存でございます。

おっと、鼾が小さくなり、今度は安らかで平和そうな寝息が聞こえます。そろそろ依頼人を天国にお召しする準備にかかることにしましょうか。

本日は枯木野満《みつる》さん、八十三歳のお呼びで参りました。満さんは、東京は下町の根岸で家業が代々表具師《ひょうぐし》の家に長男として生まれました。父親の仕事場からの匂いや音とともに育った彼は、誰に言われることもなく、手工芸専門の都立工芸高校に進み、卒業と同時に、これまた自然に父親の仕事を手伝い、やがて家業を継いだようでございます。

皆様ご存じのように入谷、根岸界隈《かいわい》は、通称「振袖火事」と呼ばれた明暦の大火（一六五七年）で運良く延焼を免れた、当時江戸城周辺にあった寺の多くがこの地域に移転したことから、約七十の寺が点在する「寺町」と呼ばれております。

したがって、その界隈には寺が顧客である仏具屋や建具屋、花屋、そして、何よりも大きな担い手である、紙、布などを貼って屏風、襖、巻物を仕立てる経師《きょうじ》を生業とする枯木野満さんの所のような表具屋などが、江戸時代より多く散在しておるのでございます。

しかし、昨今では寺が商い元とはいえ、数には限りがあります。ましてや数十年に一度の寺の改修時だけでは商売の割に合わず、さらには特殊な仕事の性格上、一般客からの仕事が少なく、はなはだ生活は不安定で、将来の生活設計の見通しも暗い状況であります。

だが、若い時の満さんは東京都から表彰された優秀な技術者で、東京オリンピック（一九六四年）前後には大手の内装工務店の契約商店として優遇され、利益が大幅に伸び、満さんご夫婦は外国旅行や買い物と贅沢三昧をしていたようでございます。

ところが子供が巣立ち、満さんが六十代の円熟期を迎えた頃になると世の中の景気のバブルが弾け、建築業界全体に氷河時代が始まったのでございます。建築内装面の中で、どちらかといえば贅沢な分野に入る、表具、経師関係は最初に予算を削られ、次第に満さんの所の注文が少なくなってきたのであります。

もちろん、指を銜《くわ》えて世の冷風にさらされていた訳ではありませんが、いくら営業をかけてもなかなか仕事に結びかけず、ついには奥さんが近くのスーパーマーケットにパートタイマーとして働きに出、満さんも食べるためには表具師としての矜持《きょうじ》を捨てて、小さな工務店に就職する羽目になったのでございます。

しかし、人生はいったん転《こ》けると次々と不幸が重なるものでございます。高齢だった奥さんが、仕事先のスーパーで仕事中に足の骨を折り入院すると、長引く入院中に中度の認知症と診断されてしまいました。退院時、病院へ迎えに行った満さんは、見るからに痩せ衰え、夫や自分の名前すら時折忘れる奥さんを見つめ唖然としたものです。「終《つい》のすみか」とも呼ばれる特別養護老人ホームには全国で五十二万人が待機し、このうち「要介護3～5」の中重度の人が三十四万人以上いることを満さんは新聞で知っており、介護付き有料老人ホームに入居させるほど金のない彼は、仕事先を辞め、夫婦の年金と時々のアルバイトの収入のみで在宅介護を決心したのでございます。無理すれば区の斡旋でホームに入院できたのですが、多くの地元町民に、国立芸術大学を卒業し、一時は若手女性芸術家として活躍した誇りある奥さんの壊れた姿をさらしたくないという満さんの愛情が、在宅介護の選択を推し進めたのでございましょう。

だが、奥さんのステージは急速に高まり、今では要介護度は、二番目に重い4となってしまいました。費用がかかるヘルパーやデイサービスも断り、満さんはおむつ交換や入浴、食事の介護と、昼夜つきっきりになって早や三年が経ちました。介護疲れからくる持病の心臓病の悪化。奥さんから口汚く罵倒されることに耐えるストレスの蓄積などが頂点となり、先の見えない未来への悲観と不安が生きることへの絶望に繋がり、私を呼んだのかもしれません。

おっと、先程から満さんにとって知られたくないことをべらべらとお話ししてしまいました。まだまだ満さんのことをお話ししたいのですが、これ以上は満さんを傷付けることになるかもしれませんので、ご容赦くださいませ。さて、お待ちになっている満さんにいよいよ接触することにいたしましょう。

〈あの…………〉

私は毛布をつかんで少しずらすと、向こう向きで眠りこける満さんの首筋に冷たい息を吹き掛けました。

「おお、寒いぃ」

〈あれ……？　女の人？〉

掛けてあった毛布を乱暴に取り払い、こちらに向けた顔はまぎれもなく女の顔です。私としては油断をしていました。

「な、なんだよあんた。気味悪いねぇ、青白い顔をして」

〈わ、私は死神です〉

恐らく満さんの奥さんだと思いますが、私は彼女の迫力ある眼力に思わず腰が引けてしまいました。しかしなんで私が見え、声が聞こえるのでしょう。依頼人しか私の姿が分からず、そして声が聞こえないはずですが、不思議ですねぇ。

「死神だって？　あたしに用かい」

〈いいえ、満さんから依頼されたものですから〉

「満が呼んだの？　ついにあの禿《はげ》、あたしを残して先にあの世とやらにトンズラするつもりだね。禿、どこにいるの。早くここに来ておくれ」

奥さんが般若《はんにゃ》のような怖い顔をして満さんを大声で呼んでいますなぁ。その時、玄関戸が軋《きし》んだ音を立てて開き、禿げた小太りの老人が入ってきました。

「繁ちゃん、どうしたの大声を出して。外まで聞こえて恥ずかしいよ」

どうやら、あの人が私の依頼人の枯木野満さんのようです。両手に大きなスーパーの文字の入ったビニール袋を下げ、ぶつぶつ呟きながら部屋に入ってきました。

「どこへ行ってたんだよ、禿豚《はげぶた》」

「はいはい、買い物に行ってきましたよ。今夜は繁ちゃんの大好物の鰻《うなぎ》だよ。早速支度にかかろうかなぁ」

「おい、漏れた。漏れたよ、気持ち悪いよ」

「はいはい、今すぐ取り替えるからね」

満さんはベッド脇の暗がりに立つ私の存在に気付かず、隣の部屋に足早に消えました。洋服ダンスを開閉する音がし、やがて手に紙おむつを持って戻って来ると、夢中になって奥さんのおむつを取り替えております。

「満さん、本当にすみません」

あれっ、突然先程の乱暴な口調から打って変わって優しい声音で、奥さんが満さんにささやいております。どうなっているのでしょうか。

「いやいや、気にすんない。安心していな」

満さんも先程の強張った表情から一転して穏やかな顔付きになりました。

「さあさあ、夕食までひと眠りするんだ、いいね」

「はい」

満さんが毛布を掛けると奥さんは安心したように素直に返事をし、平和な表情で再び眠りについていきました。

〈あの………〉

「ワァーッ、驚いた」

暗がりから突然出現した私によほど驚いたらしく、満さんはベッド脇の紙屑入れに足を取られ倒れました。

〈満さんですね〉

〈は、はい。そうです〉

私の声になぜか満さんは顔をそむけ、気のない返事をしております。

〈昨夜ご連絡をいただき、天上よりお迎えに伺いました〉

〈ああ、昨夜ね。娘夫婦から連絡があって、少し気が動転していましたので……〉

〈それはどういうことですか？〉

〈最近、おいらの身体が言うこと利かなくなって、女房の面倒を娘と協同で見ることを約束したんですよ。ところが昨夜、娘から電話があって向こうの連れが良い返事をしないらしく、約束が反故《ほご》になってしまいました〉

〈それはお気の毒に〉

〈頼みにしていた娘夫婦の薄情さには、心底がっかりしましてね。女房の介護には疲れ、先々のことを考えるとついやけを起こしまして……〉

〈それで私に連絡をしたのですね〉

〈はい、でも一晩寝ましたら、もう少し頑張ってみようという気持ちになりました〉

〈そ、そうですか……〉

私は満さんの話を聞いて、天上に召す理由がなくなってしまいました。だからと言って、このまま私は天上に戻ることはできないのです。つまり依頼人から拒否されたのですから、私は死神としての判断の甘さを糾弾《きゅうだん》され、死神としての今後の活動上、大きな汚点となってしまうのでございます。だからといって、強引に天上に召すのはご法度《はっと》ですので、しばらく枯木野満さんの日常生活を観察することにいたします。なぜなら、自殺もしくは自死の依頼人が再びそのような気持ちになるという先例が数多《あまた》あることは、私たち死神の世界では常識になっているからでございます。

おやおや、奥さんが目を覚ましたようです。満さんの全身に緊張が走っております。しばらく私は一歩退き、様子を見ることにしましょう。

「腹減った、腹減った、禿豚。腹減ったぞー。早く出せ。早く飯を持って来いよ、禿豚」

「はいはい、もうすぐだからねぇ。我慢してねぇ」

再びの乱暴な奥さんの口調に、満さんがあわてて台所に駆け込み、スーパーの袋からオーブンの中に鰻を入れました。炊飯器から素早く取り出した御飯を丼に盛ると、食器棚から皿を出してお盆に乗せ、すぐさまガス台に水の入ったやかんを乗せます。見ていて目の回るほどの忙しさ。よくこれだけの動作を、八十三歳になる高齢の満さんがこなせると私は感心して見ておりました。やがてオーブンからの仕上がった音で扉を開けると、香ばしい鰻の匂いが辺り一面に漂います。満さんはすぐにそれを盆の上の丼に盛った御飯の上に乗せ、タレをかけると、空いた皿の上に漬物を乗せ、ガス台で沸いたお湯をインスタント味噌汁の入ったお椀に注ぎ、すぐに奥さんの元へ持っていきます。敏速で手際の良さに、私は感心するばかりでございます。しかし、満さんが食事を用意している間、寝室からはずっと奥さんの口汚い罵声《ばせい》が聞こえておりました。まったく信じられません。

「さあ、できたよ。お食べ」

満さんが奥さんの体を起こし、ベッド脇に取り付けたテーブルの上にお盆を載せると、それまで般若のような奥さんの顔が、途端に幼児のようなあどけない笑顔に変わります。

〈女房の食べているこの時間が、おいらにとって一番倖せな時だねぇ〉

満さんがうっとりと奥さんの食べっぷりに見とれております。

「おい、お茶、お茶だよ。早く出せ、このくず野郎」

「はいはい。ちょっと待ってね」

奥さんが食べ終わり、お茶を要求しております。奥さんの声に弾かれたように席を立った満さんが台所に走ります。

「温《ぬる》いよ、もっと熱いの。こんなの飲めるか、馬鹿野郎」

驚いたことに、せっかく満さんが持って来た湯呑み茶碗をベッド下に投げました。ガシャンと陶器の割れる音が聞こえます。

「おいおい繁子さん、乱暴しては駄目だよ」

「あれ、あんた誰？」

「おやおや忘れたのかい。おいらはあなたの亭主の満だよ」

「満……満……。あっ、お丸に行きたい。早く、早く。出ちゃうから、ベッドから下ろして」

「あいよ、あいよ」

あわてて満さんが奥さんの体を支え、急ぎベッドから離れ、よちよち歩きの奥さんを四方をカーテンで囲った特別仕立ての簡易トイレに誘導します。中に入った奥さんを見届けた満さんは、すぐにバスルームに向かい、湯に浸したタオルを持って奥さんが出てくるのを待っています。

「終わった。気持ち悪い」

奥さんの汚れた尻をすばやく紙で拭い、温かいお湯で浸したタオルで尻を拭っております。辺りはたちまち鼻をつく臭気が漂い、とても私はそこにおられぬほどです。しかし、満さんはいやがることもなく黙々と奥さんの世話をし、ベッドに横たわらせました。

「満さん、すみません。本当にお世話掛けます。ごめんなさい」

驚いたことに突然、奥さんの口調が変わりましたよ。またまた信じられません。なんだか頭がおかしくなります。

「いいよ、いいよ、気にしないで。さあ、もう遅くなったから眠ろうね」

「はい、お休みなさい」

「お休み、繁ちゃん」

「あっ、満さん。私、私ねぇ、もう死にたいの。これ以上満さんに……」

「なに弱気なことを言って。絵を見にパリへ行く約束を忘れたのかい」

「忘れないわ。でも無理よ、こんな私では……」

「いや、必ずおいらが連れて行く。だからしっかりするんだよ」

「あ、ありがとう、満さん」

「さあ、ゆっくりお休みね」

満さんは奥さんの頭を優しく撫で、枕元の電気を消しました。奥さんの様子をしばらく見つめていた満さんは、やがて室内燈を消して寝室を離れ、足音を立てずに仕事部屋に向かいました。

〈奥さんは時々正気に戻られるのですねぇ〉

〈ええ、時々精神が不安定になると乱暴な口調になりますが、普段は優しい女房ですよ〉

〈そうですか。パリに絵を見に行く約束をしたようですが、奥さんは絵が好きなのですか？〉

〈女房は芸大出でね。若い頃は女性芸術家としてマスコミにも取り上げられたことがあるんですよ。おいらと結婚し、子育てに没頭するようになると、可哀相だったが創作活動から遠ざかり、その後は家計を助けるために舞台装飾のアルバイトをしたり、おいらの仕事の手伝いをしたりと、おいらは彼女の才能をつぶしてしまったんですよ。やっと彼女が還暦《かんれき》を過ぎた頃から絵心が再び疼《うず》き始め、嬉々として創作活動を始めたのですが、世の中の景気が悪く、生活苦が邪魔して、再び創作への時間が犠牲になっちまったんです。まったくおいらは、彼女の才能を駄目にしてしまった張本人なんです。その点、心から女房にはすまないと思っております〉

〈それであれほど献身的なのですね〉

〈おいらは古い人間かも知れませんが、女は男次第で人生が変わるものだと思っております。おいらの甲斐性《かいしょう》がなかったばかりに、女房に苦労を掛けてしまったことへの償いなんです〉

〈それで奥さんとのパリ行きを約束したのですね〉

〈そうです。おいらと女房の年齢を考えた時、それがおいらの最初で最後、一世一代の罪滅ぼしでしょうかね〉

〈無事に行かれるといいですねぇ〉

〈ありがとうございます〉

頭を下げると満さんは私に背を向け、正面に向いて座り、古い巻物を取り出して仕事を始めました。

〈それはどなたの揮毫《きごう》ですか?〉

満さんの広げている古い巻物に私は興味があり、尋ねてみました。

〈これは長岡藩の筆頭家老、河井継之介の書です〉

〈河井継之介?〉

〈ええ、幕末動乱の時代、官軍に就くか幕府に従うか、その去就に迷う長岡藩の運命を担い、時代を生き抜こうとした英傑です〉

〈ほほう、それは貴重なものですか？〉

私の脳裏のどこかに河井の名前がぼんやりと張り付いておりますが、はっきり思い出せません。

〈はい。作家、司馬遼太郎の『峠』の主人公で、幕末時代の収集家にとっては、垂涎《すいぜん》の的になっていると思います〉

〈そうですか。それでそれを……〉

〈フフフフフ、これを売って、パリ行きの軍資金にするつもりです〉

〈それはどれほどの価値のあるものですか〉

〈恐らく収集家の間では、百万は下らないと思いますよ〉

〈それはすごい。して、それがどうして満さんの手に〉

〈話せば長くなりますが、私の先々代が幕末時代に、呉服橋の長岡藩邸へのお出入り表具屋でした。親しい関係から何度か河井様の用向きで、当時幕府の敵とされた薩摩藩に手紙をお届けしていたそうです。自藩の侍では都合が悪かったのでしょう。つまり今でいう密偵というのでしょうか。ところが、官軍の江戸への進軍の報を受け、長岡藩が江戸を引き払う時に託された手紙は、あの有名な事件、薩摩藩邸焼き討ちがあって相手の方に会えず、宙に浮いてしまいました。いつか河井様に返却しなくてはと、先々代は思いながらも様子を窺っていたのですが、北越戦争で河井様が亡くなられ、やむを得ず我が家の奥に眠っていたという訳です〉

〈そういう曰《いわ》く付きのものですか。幕末史の専門学者にとっては、当時の河井継之介を知る上でとても貴重なものなのでしょうなぁ〉

〈はい、表具はおいらの専門だから立派に仕上げ、懇意の神田の古書店へ数日後に持って行くつもりです〉

〈売れるといいですねぇ〉

〈これしかおいらの家には金目のものがありませんので、なんとか頑張るつもりです〉

満さんは寂しく笑うと背中を丸め、巻紙に集中し始めました。乱雑に置かれた古い屛風や鈍い光を放つ時代を感じる小物類に囲まれた彼の背中を見ていると、なぜか悲壮感が漂っています。まるでこの仕事が最後と決めたような、鬼気迫る形相の仕事振りを見ていますと、私の死神としての勘から死期は近いと判断し、それまでこの鼻をも曲がる臭気と乱雑、不潔な部屋からいったん退避し、天上に戻ってやり残していた野暮用を終えた後、再び満さんと接触することにいたしましょう。

数日が経ちました。再び私が満さんのお宅に伺うと、誰もいません。玄関口にあった車椅子がなかったので、きっとふたりは外出しているのでしょう。相変わらず室内は臭気が漂っておりましたが、以前ほどではなく、部屋を見回すと、驚いたことに片付けられていて、いくらか小綺麗になっております。

「集中し過ぎて今日は疲れたわ」

「でも、締め切りに間に合って良かった」

「明日にでも美術館の方へ届けてね」

「ああ、おいらに任しておけ」

外でのふたりの会話が聞こえてきました。弾んだ会話から察して、奥さんの状態がいいみたいですねぇ。

「変な匂いがする。満さん、窓を開けて」

「あいよ」

部屋に入ってきた満さんは、すぐに車椅子から彼女をベッドに移し、横にさせると急ぎ窓という窓を開けるために走り回っています。

「満さん、ちょっと来て」

「なんだい」

「入選するかなぁ」

「もちろん、繁ちゃんの絵は昔の感性とは違うが、大人の円熟した作品として目を見張る思いだよ」

「そう、ありがとう。私は眠たくなってきたから眠るわ」

「ゆっくり眠りなさい」

満さんは奥さんに毛布を掛けると、静かに寝室を出ました。

〈あっ、お見えだったのですか〉

仕事部屋の隅の暗がりにいた私に気付き、満さんが驚いております。

〈奥さんは正常ではありませんか？〉

〈ええ、外出から帰るとストレスが解消されるらしく、いつも気分はいいみたいですねぇ。以前はこんなことはなかったのですが、特に芸大時代の同窓生に会ってから、精神的な乱れの起伏が激しくなりました〉

〈芸大時代の同窓生？〉

〈柏木由起子ですよ、あの有名な〉

〈…………〉

〈今、日本では超一流の女流画家です。昔は繁ちゃんの方が注目を浴びていたのですがねぇ。可哀相においらのせいで生活苦のために才能を潰してしまった〉

〈さきほどの会話のように、まだまだ正常な時の奥様の才能は枯れた訳ではありませんから、楽しみにしたらどうでしょう。ところで、パリ行きの件ですが、満さんのお仕事のものは売れましたか？〉

〈あ、あれね。残念ながらまだ古書店から連絡はありません〉

〈そうですか……〉

〈そう簡単に買い手は現れませんよ。なにしろ高値を付けましたからね。まぁ、気長に待っています〉

〈早く売れるといいですねぇ。ところで、奥さんと今日はお出かけでしたねぇ〉

〈ええ、女房の作品創りの手助けに近くの公園に行きましてね。彼女はおいらに絵を見せ、気が狂っていないことを示しているのですよ〉

〈これがそうですね〉

〈はい〉

ライトに当たらないようにと、イーゼルに裏返しになった奥さんの絵をひと目見て、思わず私の全身に電流が走りました。公園の周囲に立つヒマラヤ杉の小刻みに舞い上がるような躍動感、さらにその上に圧倒的な力量感を持った乱暴なタッチの黒色で縁取られた真っ白な積乱雲。そして、公園の中央に立つ恐怖で目を見開いた初老の男。じっと見ていると私の足元が揺らめき、どこかへ吸い寄せられるような不安感を覚えてきました。

〈なかなかの傑作ですね〉

私は喉の渇きを覚えながら満さんに告げました。

〈おいらもそう思います。この初老の男は、おいらでもあり女房でもあるような気がします。恐らく

人間の脳が機能されず、いつか人間が破壊されることへの恐怖と不安を訴えているのでしょう〉

〈奥さんは一日一日、自分という人間の破壊を薄々感じているのでしょうね〉

〈そのとおりだと思います。彼女はおいらのせいで、不幸な環境の中で一生を終えようとしています。もしおいらと出会わなかったら、それこそ日本、いや世界に名を残す女流画家になっていたでしょう。それを考えると本当に申し訳なく思い……ウッ〉

突然、満さんは顔を手で覆い、両肩を震わせながら私に背を向けました。

「禿、禿豚、丸だ。急げ、早く来い」

突然、奥さんの金切り声が寝室から聞こえます。満さんはぎょっと肩をびくつかせ、表情も険しく寝室に走り込んでいきます。

「遅いんだよ、てめえ。何を考えているんだ」

「ごめんよ、すぐだからね」

「ぐず野郎、早く用意しろ。出ちゃうんだよ。もう我慢できねぇ、この糞野郎」

ガチャン
「さぁさぁできたよ。ごめん、ごめん」

奥さんの罵声の間に、何か物が壊れる音がします。懸命に謝る満さんの悲痛な声が聞こえました。いっとき静かになりましたが、再び奥さんの罵声が聞こえます。

「駄目だ、駄目だよ、繁ちゃん。それをつかんでは」

「うるせい、あたいの好きなようにやるんだ。ワァーッ」

「繁ちゃん、それは汚物だ。そんなものを口に入れたら駄目だ。しっかりしろ」

「離せ、離せ、糞豚。寄るな、触るな豚野郎」

「早く、浴室でシャワーを浴びよう。どうしたんだよ、繁ちゃん」

「離せ、苦しい。手を離せ、馬鹿野郎」

どこかにぶち当たる激しい物音がして、シャワーの音がします。

たちまち鼻の曲がるような糞尿の匂いが漂ってきました。

「どうして、どうして、パジャマのままシャワーを浴びているの」

「それはねぇ、汚れたからだよ。早く綺麗になろうね。新しい替えを持って来るから、独りで大丈夫だね」

「大丈夫。ごめんね、満さん」

全身びしょ濡れの満さんが血相を変えて洋服ダンスを開け、奥さんの新しい下着とパジャマを持って浴室に向かいます。

「繁ちゃん、着替えはここに置いておくよ。おいらはちょっと寝室に行くから、独りで大丈夫だね」

「ええ、大丈夫よ」

浴室から奥さんの甲高い正常な声が聞こえます。私は気になって寝室へ見に行くと、満さんが必死になって床に飛び散った汚物を這いつくばって拭き取っております。窓が開けられ異臭は薄くなりましたが、這いつくばる満さんの濡れ鼠の姿は、鬼気迫るものがありました。汚物はシーツまで飛び散り、すばやく新しいシーツに換えると、異臭もほとんどなくなり、満さんはほっとした表情になりました。

「満さん、私出るわよ」

「あいよ、着替えは分かるね」

「はーい」

満さんの声に奥さんの明るい声が返ってきます。

〈満さん、大丈夫ですか?〉

思わず私は、虚脱状態でたたずむ満さんに声を掛けました。

〈あっ、大丈夫です。今夜はあまりにも彼女の突飛《とっぴ》な行動に驚いたものでしたから〉

〈そうでしたか〉

私は先程の奥さんの信じられない行動を薄々想像できましたが、あえて黙っておりました。

〈これからは、もっと壊れていくのでしょうね〉

満さんの寂しい表情に私は何も言えませんでした。

「満さん、独りでなんの話をしているの」

いつの間にか奥さんがよちよち歩きで寝室の中に入ってきました。どうやら私の姿が見えないようです。

「さぁ、綺麗になったよ。明日の絵の仕上げのために早く眠らないとね」

「ええ、そうするわ」

先程の罵声が嘘のような、穏やかな奥さんの声に優しく応え、体を支えベッドに潜り込む助けをする彼の姿に、私は信じられない出来事を見たような眼差しでふたりを見つめました。

〈すみません、今夜は疲れましたので、私は先に眠ります〉

よほど奥さんの行動にショックを受けたのでしょう。すっかり憔悴《しょうすい》した満さんが、私に頭を下げました。俯いて仕事部屋を去っていく満さんの後ろ姿に、私は高齢である満さんの今後が心配になってきました。

これからは、奥さんの行為がもっとエスカレートしていくでしょう。それを世話する満さんの体力とストレスの蓄積を考えると、限界はそう遠くないような気がするのでございます。その時、こんなことはないとは思いますが、満さんが奥さんを殺《あや》めることになると、私の依頼人、枯木野満さんとの関係は私の管轄外になりますので、私は自動的に天上に呼び戻されることになります。しかし、おふたりそろって自死すれば、もちろん私の出番になりますので、それを願うしかありませんなぁ。奥さんは当初、私の存在を感知したのですから、奥さんも潜在的に自死の気持ちがあるということで、私はまだ希望を捨てずに、満さんと奥さんを明日からも引き続き観察し続けることにいたしましょう。

おや、満さんが仕事場に入ってきたようです。昨夜、私は満さんと同様、奥さんが便を口に持っていくという凄絶《せいぜつ》な行為を想像してショックを受け、心身ともに疲れて、まるで奈落に沈むように眠り込んでしまったのです。

〈おはようございます〉

イーゼルから奥さんの絵を取り外し、油紙で覆い、梱包している満さんに声を掛けました。

〈あっ、おはようございます〉

昨夜と打って変わって、満さんの表情は明るいのです。

〈これから女房の絵を、六本木にある新国立美術館へ持って行きます。ご一緒に行きますか?〉

〈は、はい。よろしいですか。でも、奥さん独りで大丈夫なのですか?〉

〈直《じき》にヘルパーが来ます。彼女に頼んで行きますから、心配ありません〉

〈ヘルパー?〉

〈時間で女房の世話をしてくれる人です。しょっちゅうではありませんが、特別な時は頼むんですよ〉

〈それは便利でいいですねぇ〉

〈でも、ちょっと高価なのでめったに頼みません。あっ、来たようです〉

耳をそばだてると玄関口から中年女性の声がします。私も満さんの後に付いて行きました。

「すみません、昼過ぎには戻りますが、よろしくお願いいたします」

「どうぞどうぞ、ご心配なく。私は今日、枯木野さんだけですから、この後はフリーですのよ。時間は充分ありますわ」

「助かります。それではこちらへ」

中肉中背の穏やかな表情の中年女性が玄関口に立っておりました。

「あらあら繁子さん、ご無沙汰いたしております」

愛想笑いをしながら奥さんに声を掛けるヘルパーに、硬い表情の奥さんはにこりともしません。

「それじゃ、美術館の方へ行って来る」

「美術館？　満さん、どうして？」

「繁ちゃんの絵だよ。締め切りは明日だろ。急がないとね」

「あっ、『予感』のことね。頼むわよ、私の自信作なんだから」

「任しておけ。では村山さん、何かあったら携帯に連絡下さい。それでは、後をよろしくお願いします」

「満さん、いつ帰って来るの」

「神田の書店に寄って来るから、三時頃かな」

「分かったわ。早く帰って来てよ」

「行ってらっしゃい」

奥さんとヘルパーの声を背に、『予感』の作品を脇に抱えて満さんは勇躍家を出ていきます。

〈ずいぶん張り切っていますねぇ〉

〈ええ、書店の方から連絡がありましたものですから〉

〈えっ、売れたのですか？〉

〈多分そう思います。いずれにしても女房の作品を美術館に届けないと〉

〈それは……〉

〈日展に搬入するんです〉

〈日展？〉

〈色々異論はありますが、明治時代から当初は上野の都美術館で、現代では新国立美術館で展示され、これまでその年の日本最高の芸術作品を評価するところとして、まだまだ日本美術界では権威があります〉

〈そこで入選すると、大変なものですねぇ〉

〈ええ、女房は昔、そこで特選を取ったことがありました〉

〈ほほう、その年の絵画の日本最高の賞ですな。それは大したもんだ〉

〈そうです、柏木由起子なぞ目じゃありませんでしたよ。それをおいらが……〉

〈まぁまぁ、満さん、今回の作品は大変なものですよ〉

しょげる満さんを私はあわててなぐさめました。大通りを出ると満さんはタクシーを止め、車に乗り込むとなぜか急に寡黙《かもく》になりました。目をつむり何かをじっと考え、眉間にしわを寄せる満さんは、きっと奥さんが結婚生活を自分以外の人間としていればと後悔し、詫び入る思いが強いのでございましょう。

やがてタクシーは青山通りから脇の道に入り、目の覚めるような近代的なデザインの美術館の前に止まりました。

〈さて〉

と一声発し、タクシーを降りた満さんは背を丸め、美術館の裏口に向かって行きます。私はこの喧騒《けんそう》な都会の真ん中をざっくりと切り取ったような静寂の真空地帯で、少しの間、満さんの戻って来るのを待つことにしましょう。

〈お待たせしました〉

しばらくすると、笑顔の満さんが戻って来ました。

〈どうしました？　いいことがありましたね〉

〈ええ、予《あらかじ》め連絡してあった一般の部に持って行ったのですが、梱包を開けた途端、受付の連中が寄って来て、声を挙げて女房の作品を褒めちぎっていました〉

〈それは良かった。きっと入選しますよ〉

〈それならいいのですが。さて、神田へ行きましょうか〉

満さんは来た時とは違う晴れ晴れとした表情で先を行きます。そろそろ枯葉が目立つようになってきた路面を、私は遅れないように後を追い掛けました。ちょっとお洒落な雰囲気の六本木の町を後に、しばらく地下鉄に揺られると満さんは神保町駅で降り、階段を上がって大通りに出ました。たちまち街の騒音が耳を覆い、私はこの活気のある街に飲み込まれそうです。

満さんはすぐに大通りに沿った脇道へ入っていきます。そこは左右に古書店が並ぶ一風変わった通りです。どの古書店の棚にも見るからに歴史を感じる古書がずらりと並んでいて、内から黴《かび》臭い匂いがぷーんと鼻をくすぐります。やがて満さんはそのうちの一軒に入っていきました。静かな環境でばかり見聞きしてきた私は、この喧騒とした街がなんとなく気になり、満さんの用が済むまでしばらく突き当たりの大通りまで散歩するつもりです。

おやおや、古書店の並びが切れると、今度は音響いっぱいの曲をがなり立てる楽器店が軒を並べ、その向こうは所狭しとスキー板を並べているスポーツ用具店が軒を連ねるという、なんと雑然とした街でございましょう。上を見上げると著名な大学や病院の名を掲げた高層ビルが林立し、空を狭くしております。おっと、だいぶ時間を費やしてしまいました。急いで戻りませんと、満さんを見失ってしまいます。私があわてて元来た道を戻りますと、幸い向こうから俯《うつむ》き加減の満さんがやって来ます。あの様子では商談は上手くいかなかったようですねぇ。

〈満さん、売れましたか？〉

〈ああ、売れたことは売れたのですが、どうも値切られて〉

〈値切られた？〉

私の声に一瞬ぎょっとし、疲れた表情を向けました。

〈はい、あの手紙の内容がそれほど重要ではなく、高値では売れませんでした〉

〈そうすると、パリ行きの軍資金に影響が及びますね〉

〈ええ、しかしなんとかします。そうでないと……〉

満さんは奥歯を噛みしめ、何かを考えております。その時突然、満さんの携帯電話の呼び出し音がけたたましく鳴りました。

「はい、ええ、どんな状況です」

「今までこんなことはなかったのですが、大声を上げて辺りの物を投げ、まるで狂ったかのようです。早くこちらに戻ってください。一刻も早く」

「わ、分かりました、すぐに戻ります」

電話の向こうのヘルパーの悲鳴に近い金切り声が、私の耳元まで届きました。

一瞬にして硬い表情に変わった満さんは、急ぎ大通りに出てタクシーを止めました。

「根岸まで頼みます」

タクシーに乗り込んだ満さんは、携帯電話を取り出し、どちらかに連絡しております。

「枯木野です。ご無沙汰しております。以前から話をしております道具の件ですが、やっと決心つきました。ええ、それではいつでもお越しください。家でお待ちしております」

電話を終えた満さんは何かを決心したのでしょう、腕を組み、目をつむりました。なんだか私が話し掛けづらい、頑《かたくな》な雰囲気でしたので、私も黙っておりました。

やがて車は満さんの家の近くにやって来ました。家の前にヘルパーの中年女性が不安そうな表情で立っております。

「ご迷惑おかけしました」

車を降りると満さんはヘルパーに平謝りです。奥さんの行動が想像できたのでしょう。

「今日の繁子さんは異常なほどの行動で、驚きました。今日初めてではないでしょうか、物を投げるなんて」

いくらか青ざめた顔付きのヘルパーは、よほど怖かったのでしょう、益々硬い表情になり、家に入ろうとしません。

「後はおいらが見ますので、今日はお引き取りください」

安心したのか、ほっとした表情でヘルパーが帰っていきます。それを見送った満さんは大きく深呼吸し、玄関戸を開けました。

「誰……誰だよ。糞ババァだったら、ぶっ殺すよ」

寝室から奥さんの甲高い罵声が聞こえます。

「ああ、おいらだよ。今、戻った。ごめんごめん」

「禿豚か？　どこへ行ってたんだよ。馬鹿野郎、おなかがすいてるんだ、飯はまだか。この屑野郎」

「ごめん、ごめん。すぐ食事を作るからね」

「禿豚、あたいが聞いているんだよ。どこへ行ってたんだよ」

「繁ちゃんの作品を新国立美術館に届けるためさ」

「あたいの作品？」

「『予感』だよ。覚えているだろ、繁ちゃんの作品だ」

「『予感』あっ、ありがとう。どうだった」

「良かったよ。受付の人たちは繁ちゃんの作品を絶賛していた」

「ほ、本当、良かった。私、ものすごく心配していたの。満さん、ありがとう」

「さぁ、もう心配ない。食事ができるまで横になってなさい」

「ええ、そうします」

　奥さんが満さんの言葉に素直に横になりました。

　私は頭が混乱してきました。あれほど怒り狂っていた奥さんが、こんなにも簡単に正常に豹変するなんて信じられません。私は余計なことだと思いましたが、気になっていましたので、台所で食事の準備をしている満さんに寄っていきました。

〈満さんは良く頭の切り替えができますねぇ〉

　食事の支度が一段落した満さんに聞いてみました。

〈女房とは六十年近く連れ添っていますからねぇ。しかし、最近の彼女は凶暴になってきて。以前はこんなことはなかったのですが。それと精神状態が異様なほど乱れ、安定期が短くなってきました。このままだと狂人にならないかと、おいらは心配しているんですよ〉

「満さん、まだですか？」

　突然、寝室から奥さんの声が聞こえました。満さんは途端に厳しい顔付きになり、私に頭を下げ、盆に食事を載せて台所を出ていきました。そっと寝室に行きふたりの様子を窺うと、老夫が老妻を優しく世話する、いかにも平和な光景が目の前に繰り広げられております。私は居候を決め込んでいる仕事部屋にそっと戻って、久しぶりの平穏を夢見ることを楽しみに眠りに就くことにいたしましょう。

未明の突然の物音に私は目覚めました。驚いて見ると、満さんが仕事道具をまとめています。

〈あっ、すみません、起こしてしまって〉

〈どうしました、明け方近くに〉

〈昨夜、道具の買い手から仕事前に寄るという連絡があったものですから〉

〈大事な仕事道具を売るのですか〉

〈ええ、女房が急変していますので、早くパリ行きの準備をしないと……〉

〈奥さんが何か？〉

〈昨夜遅く、発作を起こしましてね。これまでそんなことはなかったのですが、おいらを怖がり始めたのですよ。おいらを見詰める怯えた女房の姿を見ると悲しくて。女房がもっと壊れる前に、女房との約束を早く果たさなければ、と思いましてね。おいらはもう仕事をあきらめました。必要なくなった道具類を売って、パリ行きの軍資金にしたいのです〉

昨夜、よほど思い詰めて眠れなかったのだろう、目を真っ赤に充血させた満さんが悲しそうに俯いております。

〈お邪魔になっては申し訳ないですね。しばらくほかの部屋に行っていましょう〉

〈いや、気にしなくて大丈夫です〉

満さんの声が聞こえていましたが、私は奥さんが気になり寝室をそっと窺いました。

〈あれあれ〉

私は思わず目を疑いました。奥さんはだらしなく毛布を肩までずり落とし眠り呆けていて、部屋は戦場のように荒れ放題です。私は昼間の神保町界隈の喧騒が初めての経験で、昨夜はくたくたになりぐっすり眠ってしまい、騒ぎに気が付きませんでした。障子やふすまは物が当たり、破れ放題。床に目を向ければカーペットには大きな染《し》みがあちらこちら、昨夜はよほど奥さんが荒れ狂ったに違いありません。


〈驚いたでしょう〉

いつの間にか満さんが私の背後に立って、ささやきました。


〈なんだか女房の病気が末期に近付いたようで、不安なんですよ〉

満さんはそっと奥さんに寄っていき、優しく毛布を肩に掛けております。


〈しかし、こんな状態で外国、それもパリへ行けるのでしょうか?〉

〈なんとしても連れて行きます。幸いパリの話になると不思議に表情が和らぎ、穏やかになるのです。やはり芸術家の彼女にとってパリは憧れの地なのでしょう〉

その時突然、満さんの携帯電話の呼び出し音が鳴りました。あわてて満さんは携帯を耳に当て寝室を出ていきます。奥さんに目をやると、幸いなことに気が付いていないようです。私は心もち足音を忍ばせ寝室を後にしました。

「では、後ほど。お待ちしております」

　仕事場に戻ると、ちょうど携帯での話が終わり、満さんはひと抱えほどの木箱の中に木工道具を入れております。

〈道具を買い取る方がお見えになるのですね〉

〈ええ、仕事先に行く途中で寄るそうです〉

〈本当に道具全部を売り渡すのですか？　江戸時代から続いた満さんのお仕事を辞めることに、後悔はないのですか？〉

　私はなんだか満さんの生き方や能力が失われることが、残念に思われてきたのです。ターゲットの満さんに同情したり、憐憫《れんびん》の情を催すなんて、もしかすると私は死神としての素養や特性が失われてきたのかもしれません。

〈いいえ、私は女房を愛し、女房に殉《じゅん》じるつもりですから、後悔していません〉

〈そうですか……〉

　その時、外で車の警笛がしました。

〈棟梁《とうりょう》が来たみたいです。失礼〉

　満さんがあわただしく道具箱を抱え、戸口に向かって行きます。

〈いかん、いかん〉

複雑な面持ちで満さんの背を見送る自分に気付き、私はあわてて自らに鞭を打ちました。死神はターゲットに情を絡めてはいけない、ましてや、憐憫の情など催すなんてもってのほかだということも、常に上司から注意を受けていたのですが、私は実に精神的に弱い死神になり下がりました。どうやら満さんの至誠《しせい》な心根に、私は翻弄《ほんろう》されてしまったのです。これではいけません。私は一度天上に戻り、私自身を取り戻してから再び満さんに接触することにいたします。そうしなければ、私としては死神としての責任を全うできないような不安にさいなまれるのです。それでは、しばらくお別れいたしますが、そんなに時間は取らないつもりですので、どうか失礼の段はご容赦くださいませ。

数日経ち、私は天上のスピリチュアランドより娑婆に戻ってまいりました。暗黒の静寂《しじま》の中で独り飲み食いせず三日間の行に入った私は、どうやら自分を取り戻したようでございます。今度こそは冷静沈着に自死希望者に寄り添い、迷うことなく天上に召す本来の私の業務に徹するつもりです。満さん宅の玄関戸を覆う蔦が枯れて風に鳴っておりますねぇ。私がこちらに伺った時はまだまだ青々としておりましたが、いつの間にか季節が移ろいでしまいました。

玄関内に車椅子がありません。どうやらおふたりは外出しているようです。満さんの仕事場に入ると綺麗に整頓され、驚いたことにほかの部屋全体もあの乱雑さが嘘のように清掃されております。おや、外からおふたりの会話が聞こえてきました。奥さんの声も正常ですので、精神状態は安定しているのかもしれません。

「あなたの分身ですもの、もっと高く売れたかもしれないわね」

「そうかもしれない。でも、売れただけでも感謝しないとなぁ」

「そうねぇ、ちょっと疲れた」

「早く横になろう」

満さんが奥さんを抱えるようにして車椅子から出し、そのまま寝室に連れて来ました。

「ゆっくり眠りなさい」

奥さんに毛布を掛けると、満さんは静かに寝室を出ます。

〈あっ、お見えだったのですか〉

満さんは部屋の隅の暗がりにいた私に気付き、会釈しました。

〈奥さんは正常ですね。良かった〉

〈はい、外出するとストレスが解消されるらしく、正常に戻ります。しかし、以前よりその時間がだんだん短くなってきましたが〉

〈そうでしたか。ところで、道具類が売れたみたいですね〉

〈お陰様で今日は旅行会社に行き、幸いふたりのパスポートもまだ一年有効ですので、日程を決めて来ました〉

〈えっ、パリ行きですか。それはいつです。本当？　明後日ですか。それは性急なことですねぇ〉

〈女房の病状の進行も急激ですし、私も持病の心臓の調子が悪く、齢ですからいつ壊れるかもしれませんので〉

〈そうでしたか。奥さんの容態は旅行に耐えられるのですか？〉

〈はい、帰宅途中で女房の主治医にお会いして相談したところ、準備が万全であれば、旅行に差し支えないそうです。それよりおいらの心臓病の方が問題だそうですよ。ハハハハハ〉

〈まぁ、ともかくパリに行けるようになったのですね。それは良かった。これから忙しくなりますねぇ〉

「禿豚、どこにいる。おしっこ、おしっこだよ。早く来い。漏れちゃうよ、馬鹿野郎」

その時突然、奥さんのどなり声が寝室からしました。満さんは途端に顔を強張らせ、奥さんの元へ走っていきました。

「早く。ドジ、禿、漏れちゃう、漏れちゃうよ」

満さんが暴れる奥さんの下腹部に懸命に溲瓶《しびん》を押し入れております。

「アアウウウ、馬鹿野郎、おまえが鈍《のろ》いから漏れただろう。気持ち悪いよ、いやだよぉ」

「ごめんごめん、すぐに取り替えるからね」

満さんは急ぎ洋服タンスに走り、おむつを取り出すと、激しく体を揺り動かす奥さんの濡れたおむつを替えております。その姿は、幼女化した奥さんを必死になって世話している老いた母親に似ています。新しいおむつに替えられ気持ち良くなった奥さんは、嘘のように静かな寝顔になって眠りに入ったみたいです。

〈大変ですねぇ〉

〈いえ……もう慣れました〉

〈これで奥さん、どれくらい休まれるのですか？〉

〈今日は外出し、体が疲れたので、五～六時間は眠るでしょう。その間、私も眠りますので失礼いたします〉

目をしょぼつかせ、満さんは疲れた様子で私に会釈し、居間にある長ソファーに体を横たえました。たちまちのうちに高鼾《たかいびき》が聞こえてきます。さすがに八十三歳の体には堪《こた》えるのでしょう。

さて、私はどうしよう。これまで一度も日本の外へ出たことがない私には、一抹の不安があるのです。それと、外国の死神に対して仁義を欠いてはなりません。ヨーロッパはキリスト教が主体と聞いております。したがって、私のような儒教で育った死神は、根本理念とされる仁と義、すなわち慈しみの心と、人として踏み行う正義を教え込まれたものですので、果たしてヨーロッパの同胞が、その仁義・道徳観念を理解してくれますでしょうか。はなはだ疑問と思われますが、とりあえず再び天上に戻り、そのようなことを私の上司にお伺いを立て、その後に満さんに接触するようにいたしましょう。倖い満さんご夫妻も就寝中のため、このまま黙って天上に向かうことにいたします。

あれあれ、天上で久し振りの知人とのんびり飲食快談《かいだん》した後、あわてて娑婆に戻ると、あっという間に時が過ぎておりました。まったくゆったりと時が流れる天上と、あくせくした娑婆の時間差は驚くばかりです。急ぎ満さん宅に伺いますと、きれいさっぱり蛻《もぬけ》の殻。さすがに老人夫妻でございますね。「立つ鳥、跡を濁さず」で、身辺や家の周りは綺麗に掃除されておりました。恐らく二度とこの家に戻らぬ覚悟なのでございましょう。心做《な》しか家を覆っている枯れた蔦の葉が、寂しそうにからからと音を立て、風に揺らいでおります。

私はすぐに満さんの霊の見える羽田空港に向かいました。以前は国内線専用の空港であった羽田も最近、国際線が就航し始め、都心に近いという利便性から、とみに人気が高まっているそうです。

あっ、いました、いましたよ。だだっ広い無機質な国際線ロビーを、航空会社の係員に先導されて満さんと、彼の押す航空会社の用意した車椅子に乗った奥さんの姿が目に入りました。大勢の人々が行き交う国際線ロビーで車椅子はさすがに珍しく、ましてや高齢者が乗る車椅子を押す人も高齢者では、目立たないと言ったら嘘になりますねぇ。健常者ですら大変な羽田空港までの道程ですから、高齢なふたりにとってさぞかし苦労があったことでしょう。係員に先導されていくふたりの表情は、慣れないせいもあって強張っております。

荷物検査、税関申告、出国審査を係員の助けですべてを終え、搭乗ゲートへやって来ました。ふたりを待たせ、係員がゲート係員となにやら話しております。奥さんはさすがに疲れているらしく、目をつむりぐったりとしております。

〈いよいよご出発ですね〉

私が満さんに寄っていくと、満さんが驚いて振り返りました。

〈ご一緒にパリまで行かれるのですか〉

〈はい、それが死神である私の使命です〉

〈そうですか……。ひょっとすると、女房も一緒にご厄介になるかもしれませんねぇ〉

〈はい、承知しております〉

〈えっ、それはどういう意味ですか？〉

〈お家に最初寄らせていただいた時、綺麗に整頓されたお部屋と外回りを見せて頂き、おふたりはもうこの家に戻られないと思いました〉

〈そのとおりです。大家にはその辺の事情も手紙で書き、今朝、出しなに投函しておきました〉

〈では、あちらで？〉

〈はい、後に残した女房が不憫《ふびん》ですからね〉

〈そうですか。おっと、係員が来ますから、また後で〉

「枯木野さん、十四番ゲートより搭乗していただきますので、大変恐縮ですが、代わりの者が来るまで、しばらくこちらでお待ちください」

「分かりました。荷物の方は大丈夫ですか?」

「はい、そちらの方はすべて手配しましたので、ご心配なく」

「ありがとうございました」

空港係員のお礼の声で奥さんが目を覚ましたようです。

「こ、ここはどこ?」

「目を覚ましたかい、羽田空港だよ。いよいよパリに行くんだよ」

「パ、パ、パリ。そうだ、そうよ満さん、私たちパリに行くのね。オ、オ……」

「オルセー美術館だろ」

「そうよ、そうよ。やっとミレー、アングル、ロートレックに会えるわ」

「さすがに繁ちゃんは芸大出だ。よく画家の名前を覚えているねぇ」

「だってだって、昔から行きたかったのよ、パリに。スーラ、ゴーギャン、ドガ、ゴッホ、セザンヌ、ユトリロ、皆に会えるわ」

遠くからでも奥さんの高揚した声が聞こえます。満さんのあれほど倖せそうな笑顔を私は初めて見たような気がします。顔を紅潮させ、幼児のように体を激しく動かして喜びを表現する奥さんに、満さんは満足そうにうなずき、嬉しそうに話を合わせております。

「お待たせしました」

ほどなくすると別の係員がふたりに寄って来て、彼らを搭乗口まで先導していきます。途中の搭乗手続きのすべては、チェックインカウンターの係員がふたりの代わりにしてくれたので、一般乗客より先に満さん夫妻はまるでバスか電車に乗るようにパリ・シャルル・ドゴール国際空港行きの飛行機に乗り込みました。席はエコノミークラスで、一番前の非常口近くにあり、車椅子のまま乗り込んだ奥さんは、安心した表情で目をつむっております。美人のフライトアテンダント（客室乗務員）が親切にも何度もふたりの様子を見に来てくれます。日本を代表するこの航空会社は、なかなかサービスが行き届いた会社でございます。慌ただしく乗り込んでくる、華やぎ浮かれた様子の乗客の動きも落ち着き、辺りのざわめきが鎮まると、搭乗口ドアの閉まる音が聞こえ、機内放送が始まりました。満さん夫妻は、まるで老いた夫婦雛《ふうふびな》のように微笑みを湛え、周囲の空気に溶け込んでおります。

フライトアテンダントの行き来が激しくなり、ジェットエンジン音が一段と激しくなると、やがて機体がわずかに揺れ、いよいよ動き始めました。時折、フライトアテンダントが満さん夫妻の所にやって来ては、様子を窺っております。ふたりは彼女たちにまかせて安心でしょう。

さて、私はパリまでの約十二時間半のフライト（飛行）の間、騒音は激しいけれど、乗客のいない貨物室で、しばらく安眠をむさぼることにいたしましょう。

突然、貨物室を開ける重たいドアの音が聞こえました。おっといけない、寝過ごしたようです。私は慌てて飛び起き、寝ぼけ眼《まなこ》のまま満さん夫妻の元へ向かいました。すでに乗客の大半が降りていて、空席が目立ちます。恐らく車椅子の満さん夫妻は最後に降りるのでしょう。満さんが、興奮していたらしい奥さんに優しく話し掛けております。彼女はあこがれのパリに着いたことが分かったのでしょう、やっと表情が和らぎ、満足している様子です。

そのときフライトアテンダントが、グランドアテンダント（空港係員）を伴いふたりの元に寄って来ました。

「お待たせいたしました。これから入国審査カウンターまでご案内いたします」

飛行機から最後に出たふたりは、グランドアテンダントに先導され、入国審査カウンターにやって来ました。長蛇の列の観光客に混じり車椅子を押す満さんは不安そうな顔付きでしたが、グランドアテンダントの助けで優先的に入国審査が受けられ、無事通過すると手荷物受取所に向かって行きます。

気になる奥さんの様子ですが、さすがに緊張しているらしく、大きく目を見開き、盛んに周囲に目をやっています。やがて手荷物受取所から自分たちの車椅子とほかの手荷物を受け取ると、満さんは航空会社専用の車椅子から自分たちのものに乗り換え、グランドアテンダントとお礼の挨拶を交わしております。

「さぁ、行くよ」

彼女が去っていくと、満さんは不安そうな表情の奥さんに明るく声を掛け、力強く車椅子を押して、混雑する到着ゲートを抜けて出口フロアーに向かって行きます。

「繁ちゃん、パリの空気はどうだい」

空港ターミナルビルを出た満さんは、雲が低くたれこめ、どんよりとした空を見上げ、陽気に奥さんに話し掛けました。

「パリ？　え？　ここはパリなの、本当？」

たちまち緊張していた奥さんの表情が和《なご》み、目を輝かせて周囲を見渡しております。

「さて、タクシーでとりあえずホテルに行こう」

タクシー乗り場に急ぐ乗降客に混じり、満さんはのんびりした面持ちで車椅子を押しています。その時、ふたりの背後に若者が寄ってきました。

「失礼ですが、日本の方ですか？」

突然の言葉に満さんは驚いて振り返りました。見ると、身なりはさっぱりとした日本の若者です。

「はい、そうですが、何か？」

一瞬、不審に思い満さんは硬い表情で身構えました。

「ご不審と思いますが、僕たちはパリに留学している画学生です」

「はあ？」

「お見かけしたところ、市内までタクシーをご利用しようとしてますね？」

「そのつもりですが……」

「実は私たちは車を持っています。もしよろしければタクシーより安く、パリ市内までお乗せいたしますが」

見るからに実直そうで、爽やかな笑顔の日本の若者です。

「先程、友人を日本に送り出し、その帰りなものですから、正直なところ空車で市内に戻るより、いくらかアルバイトができるかと思いましてね」

照れ笑いを浮かべながら頭をかく若者に、思わず奥さんが微笑んでおります。

「市内まで約五〇ユーロ（六五〇〇〇円）ですから、僕たちの場合、特別に四〇ユーロ（五二〇〇〇円）でいいですよ」

満さんも若者を信用したらしく、表情が和やかになりました。

「それじゃ、お願いしようかな」

「相棒が向こうの車で待っておりますので、ご案内します」

満さんの返事に体全体で喜びを表した若者が先に行きます。前方のタクシー乗り場のさらに先、中古のミニバンが駐車しております。若者がその車に走り寄り、運転手と話して後部ドアを開けました。

「どうぞお入りください。車椅子は席の後ろのスペースに置けますよ」

運転席から長身の若者が笑顔で出てきました。

「お手伝いしましょう」

若者ふたりが奥さんを車椅子から出し、後部座席に座るのを手を添えて手伝っております。

〈なかなか親切で、好感が持てますねぇ〉

〈今時の若者としては、珍しいですよ〉

奥さんを手伝うふたりの若者の姿を見ている満さんに話し掛けました。私は異国の地で、高齢の満さん夫妻だけでは不安だったのですが、少しは楽になった気持ちです。満さんも車に乗り、いよいよパリ市内へ向かって出発です。

車内に入ると、プーンと画材の匂いが鼻をくすぐりました。車が空港ビルを離れると、運転席の長身の若者が笑みを湛え、自己紹介を始めました。満さん夫妻も自己紹介をし、やがてお互いは、以前からの知り合いのように親しくなりました。この様子では、いくら資金不足とはいえ、無謀にもガイドなしでパリにやって来た満さんたちにとって、もしかすると、良きガイドになってくれるかもしれませんねぇ。

「そうすると拓也さんと智幸さんは、今年でパリ生活は二年になるんだ」

「はい、こいつと東京の美大を中退し、なんとかパリの美術学校に入学したんすが、生活に追われ、勉強どころではないです」

「外国での生活は大変よねぇ」

おや、満さんと若者たちの会話に、これまで大人しくしていた奥さんが加わりましたよ。それも重度な認知症などどこ吹く風、正常な会話に驚きました。やはりパリの空気が奥さんの頭を軌道修正させているに違いありません。窓の外を見ると、ブドウ畑でしょうかパリ郊外の田園風景が広がり、農家らしき家が散在しております。

「安アパートはこいつとシェアし、週三回は日本食レストランで終日アルバイトといった、留学とはいえ情けない毎日ですよ」

「あなたたち、弱音を吐いてはだめよ。モンマルトルの「洗濯船（バトー・ラヴォワール）」のことは知っているわよね」

「はい、美学生ですから一応は」

「あそこの住人だったピカソ、モジリアーニ、ルノワール、ドガ、セザンヌなどは、みすぼらしくて汚く、悪臭まで漂ってくるあの場所で、貧しいけれど才能と希望にあふれて制作に励み、時には恋をし、議論を交わしたのよ」

〈洗濯船？〉

私は初めて聞く言葉に、満さんに顔を向けました。

〈以前に女房から聞いた話では、モンマルトルの中心から少し離れた場所にあった、木造三階建てのアトリエ長屋です。建物がセーヌ川を行き来する洗濯船に似ていたらしいのですが、そこで二十世紀を代表するそうそうたる画家たちが制作しておったそうです。ピカソはここで名作『アヴィニョンの娘たち』を描いています〉

〈ほほう、そうでしたか〉

「奥さんは、良くご存じですねぇ」

「おいおい君たち。おいらの奥さんは芸大出だぜ」

「そうでしたか、それで現在でも制作しているんすか」

「もちろんだ。ここに来る前、今年の日展に出して来た。まだ現役バリバリだよ」

「すごいですねぇ」

満さんが自慢げに胸をそらしました。

「…………」

おや、奥さんの表情が険しくなりましたが、大丈夫でしょうか、少し心配です。

「おい、禿豚。漏れる、漏れちゃうよ」

「わ、わかった。ちょっと君、どこかトイレないかい」

奥さんの唸る声に、あわてて満さんが運転する若者に声を掛けました。郊外を走っている車の外は相変わらず田園地帯で、建物らしきものは見当たりません。

「車を早く止めろ。馬鹿野郎」

奥さんの怒鳴り声に、前に座る若者が驚いて振り返りました。

「あ、あそこのファミレスに止めます。す、すぐです」

幸い遥か前方にショッピングモールが見えます。車はアクセルいっぱい加速し、猛スピードでそちらに向かっていきます。

「早く、早く、漏れちゃうよ。グズ、ドジ、この車を早く止めろ。このアホンダラ」

奥さんにどやされ、車はショッピングモールの駐車場に、けたたましいブレーキ音を立てて停車しました。周囲にいる人々が驚いてこちらを見ております。

「おい、急いで車椅子を出して」

必死の満さんの声に弾かれるように助手席の若者が車の外へ飛び出し、後方のドアを開けて急ぎ車椅子を出しました。

「繁ちゃん、早く立って。ささ、車から出て」

満さんが、おむつの替えの一式が入ったバッグを背負い、懸命に奥さんを支え車椅子に乗せました。

わずかに車内に異臭が残っています。

「悪いけれど、君たちのどちらか、トイレに案内してくれないかい」

満さんの声に運転する若者が顔を歪《ゆが》め、迷惑そうな表情で助手席の若者を見やりました。

「チップを弾むから頼むよ」

満さんの必死な声に、助手席の若者がいやいや車から出て来ました。奥さんはすでに失禁しているらしく、糞尿の匂いが辺りに漂っております。

「こっちす」

顔を向こうに向けたまま、若者が先に立ってショッピングモールの中に入っていきます。可哀相に奥さんは恥ずかしそうに俯き、歯を食い縛っております。すれ違う客たちは鼻をつまんで道を開け、異様な車椅子の三人連れのアジア人を見送っております。

「有料ですが、金ありますか？」

明らかに迷惑そうな顔付に変化した若者は、投げやりに言いました。すぐに満さんはポシェットから財布を取り出し、あせって一〇〇ユーロ（一万三、〇〇〇円）の紙幣を若者に手渡しました。一瞬若者はその金額を見て躊躇しましたが、トイレのドアを開けて満さん夫妻を中に誘導し、トイレ管理員に話をして満さんに奥を指差しております。奥の方には左右に個室のドアが並んでおり、満さんは急ぎそのうちの一つに向かって行きました。管理員と話している若者は、自分のポケットから硬貨を取り出し管理員に手渡しております。

「早く、早く、気持ち悪いよ。遅い、遅いんだよ。ドジ、馬鹿、禿豚」

かすかに糞尿の匂いが漂ってくるトイレから奥さんの罵声が聞こえます。その声に管理員やほかの人がそちらに目をやっています。

「やってらんねぇなぁ」

若者は醜く顔を歪めると舌打ちをし、トイレから無断で出ていってしまいました。きっと満さん夫妻の行状に我慢ができず、駐車場で待っているのでしょう。私だって最初は驚いたのですから、無理はありません。

「良かったね。もう気持ち悪くないだろう」

しばらくすると、すっきりした顔の奥さんと、安堵顔の満さんが出てきました。

「あれっ、あの若者たちはどこに行ったのかな」

待っていると思った若者がいないので、満さんがきょろきょろしています。

〈多分、駐車場で待っていると思いますよ〉

あまりにもうろたえる満さんに同情し、私は彼に寄っていきました。

〈無理ないですなぁ。若い者には老人の醜態を見ることが、耐えられないものです〉

満さんは納得したらしく、管理員に頭を下げてトイレを後にしました。周囲を見渡しながら迷わず元来た道をたどって行く姿は、誠に心許ありません。しかし、やっと駐車場にやって来ました。

「あれっ、車がないぞ」

満さんが小さな声で呟きました。見渡すと特徴のある中古のミニバンがどこにも駐車していません。疲れているらしく、奥さんは何も知らずにうたた寝しております。

〈もしかしたら……〉

突然の出来事に茫然自失の体で立ち尽くす満さんに、私は寄っていきました。

〈もしかすると、彼らは逃げたのではないですか？〉

〈そんなことはないと思いますが……〉

私の言葉など意に介さず盛んに目を動かし、車を捜しております。

〈きっと何か目的があって、駐車した場所を移動したのでしょう〉

満さんは広い駐車場を隅から隅まで、ゆっくり車椅子を押しながら捜し始めました。どれほど捜したでしょう、次第に陽も陰り、店々に照明が点き始めました。満さんの苦悩も増し、目の下に色濃く隈《くま》ができています。

〈やはり騙されましたかなぁ……〉

〈しかし、あんなに気の良い若者だったのですがね〉

〈やはりおいらたちは甘かったですね〉

〈被害は甚大だったですか？〉

〈いや、現金や貴重品はこのポシェットに入っていますが、多少の金銭とおいらと女房の着替えの下

着や洋服類の入ったバッグをやられました〉

〈そうでしたか、それは不幸中の幸いです。それで、どうします？〉

〈とりあえず予約したホテルに行きます〉

その時、奥さんが目覚めました。

「満さん、お腹がすいたの。何か食べたいわ」

「おお、そうだったね、昼食を機内で食べたきりだものね。何か簡単なものを買おう」

満さんはショッピングモールに戻っていき、入口近くのハンバーガーショップに車椅子を寄せ、中に入っていきました。フランス語を話せない彼ですが、大丈夫ですかねぇ。おやおや驚きましたねぇ、しばらくすると、身振り手振りでちゃんと買い物ができ、奥さんにハンバーガーと紅茶を渡していますよ。

「ホテルに着いたら、ちゃんとした夕食をとるから、これで我慢してね」

奥さんはハンバーガーを口に頬張り、満足そうです。

〈さて、ホテルへはどうやって行きます〉

〈あそこのガードマンに頼んでみます〉

ポシェットからパスポートとホテル名の入った予約券を取り出し、車椅子をガードマンの方に押して行きます。見ていると「タクシー、タクシー」と盛んに連呼し、ホテル名の入った予約券を示しております。またまた驚いたことに、ガードマンは満さんの頼みが分かったらしく、親指と人差し指を丸めて了解のサインを送り、事務所に入っていきました。やがて笑顔で事務所から出てきたガードマンが満さん夫妻を手招きし、駐車場の外へ誘導していきます。しばらくそちらで一緒に待っていると、向こうからタクシーがやって来ました。止まったタクシー運転手に何事か言い、運転手がうなずくと、笑顔をつくってガードマンが去っていきます。運転手は奥さんに手を貸して車に乗せ、車椅子をトランクに入れ、満さんを促して車に乗り込みました。この一連の動きがなんと素早く、洗練されているのでしょう。さすがにフランスのプロ運転手です。車に乗った満さんは安心したらしく、ホテル名の入った予約券を運転手に示すと大きくうなずき、車が動き始めました。

感謝の気持ちでショッピングモールのガードマンに手を振ると、彼も応えて幸運のサインの親指を立てて振っております。やれやれ、これでなんとか予約しているホテルに着きそうです。しかし、満さんも異国でなかなかやるもんです。私は改めて高齢の満さんの行動力に敬服いたしました。車窓からの眺めがこれまでの田園風景と変わり、建物が目立つ郊外の街並みが見えてきました。満さん夫妻はさすがに疲れたらしく、うたた寝をしております。私も緊張の糸がほぐれ、心地よい車の振動に揺られ、いつしか眠りこけていました。

「エクスキュゼモワ（すみません）、ホテル」

突然、運転手の声で私たちは一斉に目を覚ましました。すっかり辺りは夜の帳《とばり》が下り、町のまぶしい明かりが目に入ります。

「メルスィ（ありがとう）」

満さんはチップを含めてタクシー料金を払い、運転手の助けを借りて車椅子と奥さんを外に連れ出しました。車から降りると目の前は瀟洒《しょうしゃ》なホテルの入口です。見上げると鶴のマークの入ったNホテルの名前が目に入りました。なるほど、日本語の通じる航空会社直営のホテルなら、異国であっても心配ありません。パリの街の喧騒と華やかな街の明かりに包まれ、ぼおっとする私を尻目に、満さんは車椅子を押してどんどんホテルの中に入っていきます。すぐにレセプションで部屋のキーを渡され、ボーイに案内されエレベーター口に向かっていきます。

〈順調ですね〉

〈ええ、やはり日本語が通じると助かりますよ〉

〈これからどうしますか？〉

〈ホテルで夕食を食べた後に、ボーイに頼んで女房とおいらの着替えを売っている店を案内してもらうつもりです〉

〈旅行客で何も持っていないことに、ホテル側は不思議に思ったでしょう〉

〈はい、事情を話したら、えらく同情してくれまして、できる限り協力してくれるそうです〉

〈それは良かった。で、明日はどうします？〉

〈明日は女房が期待しているオルセー美術館を訪れ、その後、モンマルトル界隈を散策するつもりです〉

〈奥さんはあの若者たちのことを覚えているのですか？〉

〈いえ、幸いなことに覚えていないようです。せっかく憧れのパリに来たのです、暗い思い出などない方がいいです〉

〈そのとおりですね。さて、お部屋に着いたら悪いのですが、私はお先に休ませて頂きます〉

〈あれっ、お食事はしなくて良いのですか〉

〈はい、死神はイスラム教のラマダンのように一定期間断食《だんじき》いたしますので、ご心配なく〉

やがてエレベーターが七階に止まりました。ボーイの案内で部屋に入りました。

「わぁ、素敵な部屋だこと」

奥さんが喜びの声を上げ、満さんが満面の笑みを湛え、大きくうなずいております。ボーイが出て行くとカーテンを開け、バルコニーのドアを開け、車椅子を押して外に出てみました。

「満さん、見て見て、きれいな夜景。あっちにライトの点いたエッフェル塔が、こっちは街灯の明かりに沿って流れるセーヌ川。ねぇねぇ、あれはライトアップされたルーブル美術館でしょう。本当に本当、私たちはパリにやって来たのね」

興奮する奥さんに、満さんは何度も相槌を打ってうなずき、本当に幸せそうです。

「そろそろ夕食でも行こうか」

「ええ、本場のフランス料理に舌鼓を打てるなんて、まるで夢みたい。満さん本当にありがとうね」

「それほど繁ちゃんから感謝されると、おいら照れるなぁ」

満さんと奥さんの幸せそうな会話が、部屋を出て廊下の向こうまで聞こえています。昼間のひどかった出来事など一言も語らず、奥さんを懸命に介護している満さんの優しい気持ちが、今さらながらひしひしと感じられます。さて、日本語の通じるホテル内での食事ですから、ふたりには問題ないでしょう。私はどうやら異国の空気に負けているのでしょうか、やたらと疲れを感じ、睡魔に襲われます。こんな時は、次の間の静かなクローゼットの裏の暗がりで横になります。それでは明朝まで、失礼いたします。


「オーイ、ここはどこだ。誰かいねえのか」

突然、奥さんの甲高い声で私は飛び起きました。

「心配ないよ、ここはパリだ。繁ちゃんが来たかったパリだよ」

「おまえは誰だ？　誰だ。気持ち悪い、あっちへ行け」

「繁ちゃん、おいらだよ。おいらは繁ちゃんの夫、枯木野満だよ」

「枯木野、あっ、あたいを騙した奴。あたいの人生を滅茶苦茶にした奴」

「本当にごめんよ、あの時、おいらがこの世にいなかったなら……」

「そうだよ、あの時、あたいは寂しかったんだ。あたいは荒廃した好きでもない東京でたった独りだった。独りで生きていけなかった。だから悔しいけど結婚した」

「結婚を迫ったおいらが悪かった。ごめんよ、本当にすまないと思う。でも、おいらは繁ちゃんを愛しているんだ」

「結婚したらあたいの作風に変化が起きると思った。でもでも、絵を描くどころではない。食べるために生きていた。生活苦のためにあたいは絵をやめたんだ。ああ、描いて描いて、描きまくりたかった。でもよ、子供が生まれ、家庭の倖せだなんてぬかしやがって、あの野郎があたいの邪魔をしたんだ。禿豚、出て来い。あたいの人生を返してくれ。この野郎、返せ、返してくれ、あたいの人生を。ワアアアア、ギャーッ」

「繁ちゃん、乱暴してはいけない。物を投げてはいけないよ。ごめんね、本当にごめんね」

物が激しく壁や床に当たる音が何度もし、奥さんの叫ぶ声が聞こえました。あまりの奥さんの激しさに、私はじっとクローゼットの陰に潜むしかありません。

その時、部屋のチャイムが鳴りました。誰かが部屋にやって来たようです。

「ちょ、ちょっとお待ちください」

満さんがドア口に向かって声を上げ走って行きます。奥さんの泣き声がピタリと止みました。満さんの話の内容では、どうやら朝食のモーニングサービスのようです。

「満さん、誰なの？」

おや、奥さんの声が平常に戻っておりますよ。私には、どうしてもこの奥さんの切り替わりに頭が付いていけないのです。

「さあ、繁ちゃん、お腹すいただろう、昨夜のうちに朝食を予約してあったんだ」

「わぁ、うれしい。早く食べたいわ。でも、なんでこんなに部屋が汚れているの」

「ごめん、ごめん、すぐに片付けるからね」

次の間を出てふたりの部屋の様子を窺うと、満さんが腹這いになって床に散乱している物を必死に後片付けしております。

「だいたい綺麗になったよ。後でまたするから、冷めないうちに食べよう」

「ねえねえ、満さん、どうして朝からこんな贅沢な朝食なの。まるでホテルみたい」

「繁ちゃん、おいらたちは今、パリのホテルにいるんだよ」

「パリ、パリだって、嘘よ」

「ほら、窓を開けるよ。見てごらん、あの塔はエッフェル塔だ。それとこっちの建物はオルセー美術館だよ。これから行く所だ。繁ちゃんとの約束を果たせておいらは嬉しいよ」

「どこ、どこよ」

「向こうのセーヌ川は分かるね。その手前の細長い駅舎のような立派な建物がオルセーだ。それと対岸のお城のような建物は、有名なルーヴル美術館だよ」

「ほ、本当にパリだ。ルーヴルへは私が学生の時に、レオナルド・ダ・ヴィンチ作の『モナリザの微笑』を見に行ったことがあるわ。でも、今度はオルセーで、印象派のクロード・モネの『草上の昼食会』を見たいのよ。未完成だけれど、なぜか気になる絵なの。それとルノワール、シスレー、セザンヌ、まだまだ見たい印象派の絵がたくさんあるわ。早く行きたい。満さん、早く行こうよ」

「そうだね。朝食を終えたらすぐに支度して行こう。おっと、タクシーを呼んでおかないと」

満さんは食事の手を止め、立ち上がると電話口からレセプションにタクシーの予約をしております。

「その後、モンマルトルに行きたいなぁ」

「もちろんそのつもりだよ。さぁ、残さず頑張って食べて」

先に朝食を終えた満さんは部屋の片付けを始め、朝食をとっている奥さんの様子をまるで母親のような優しい眼差しで見守っております。すぐに食事を終えた奥さんは、満さんを急《せ》き立てて部屋を出て行きました。よほど奥さんは嬉しいのでしょう、鼻歌を歌いながら、満さんに押されてエレベーター口に向かっていきます。

　ホテルからタクシーで一〇分ほどでオルセー美術館正面口に着きました。平日の早朝でもあり、観覧客は少なく、ゆったりとした面持ちで、ふたりは美術館入口に向かっていきます。満面の笑みを湛えて車椅子に乗る奥さん、そして、その車椅子を押す満さんの倖せそうな後ろ姿がやがて美術館に呑まれていきました。私は美術館にはあまり興味がなく、満さんとは先程話してありますので、ふたりと別れてセーヌ川沿いに散歩と洒落込みましょう。

川面に朝日がキラキラ反射し、目が痛いです。ゆったりと流れるセーヌ川沿いの道を、これまたのんびりと散歩する人々の姿がちらほら見受けられます。おや、あの木陰にうずくまる後ろ姿。書物で見かけた西欧の同業者でしょうか。黒いフード付きのマントに、大きな鎌を傍らに置き、盛んにセーヌ川の川面を見つめています。どことなく哀愁を帯びた後ろ姿に、声を掛けるべきか二の足を踏みました。

〈ボンジュール〈こんにちは〉〉

その時、彼は背後の私に気付き、憂いに満ちた表情で振り向きました。私はフランス語が分からずどぎまぎしていると、英語、スペイン語、中国語で話し掛けられ、さらに後退《あとずさ》りすると日本語を話してきたので私はほっとしました。

「お独りでおますか?」

「いえ、私の依頼人の夫妻が今、オルセー美術館で観覧中です」

「さいですか。それでもってあんたはんは、時間つぶしでお散歩でやんすか」

「まぁ、そんなところです」

「しかし、あんたはんは、ほんまに同業者でやんすか。普通ですと、すぐにでもそのターゲットさんたちを天国に召すのが道理、とわては思うのでがんすが」

「はい、お疑いはもっともと思いますが、実は、私は日本の自殺もしくは自死専門の死神でございます。日本では依頼人の意見を尊重し、タイミングを計って天国に召す手助けをいたすのが、私どもの使命でございます。ですから待機、観察は最も必要とするところなのでございます」

「ち、ちょっと待ってくれまへんか。わてらの国、いや大きく欧米では、自殺とか自死はご法度《はっと》ですわ。それは重大なルール違反とちゃいますか」

「もちろん私の国でも、それぞれ神仏より授《さず》かった宿命を自ら縮める行為は、許されるものではありませんが、ケースバイケースがあると思います」

「なんや、ケースバイケースとは？」

「いろいろな種類、階層の人間が住む娑婆では、やむにやまれぬ事情で自死を選ぶケースがあります。例えば現在の私の依頼人の場合、夫婦ともども高齢の老老介護で金もなし、援助もなしで生き詰まり、最悪介護相手を殺し、自分も自死をする場合です」

「しかし、そこに行くまでどなたか、例えばお国が援助の手を差し伸べるとか、何かおまへんのですか」

「残念ながら、今の日本はそんな甘くはありません。医学の発達で老齢人口が急増し、さらには貧富の差が益々激しくなって、富裕層の老人たちだけが生き残り、貧しき老人たちは打ち捨てられているのが、日本の現状です」

「そんなに日本の福祉はひどいのでっか」

「富裕階級には平和ボケで住み良い国でしょうが、貧困階級には住みにくい国ですよ」

「そうでっか、しかし、自死は神への冒涜《ぼうとく》だと思いますがなぁ。おっと、お話し中申し訳ありまへん。わてはあの娘に用がありますんで、それでは、さいなら」

見ると向こうのセーヌ川の水面に、ぽっかりと小さな女の子の溺死体《できし》が浮かび上がりました。同業者の影がすばやくそちらに飛び、ぐったりした女の子を抱き上げ、天上に召すところであります。遥か上流の向こうから、半狂乱で泣き叫ぶ中年女が数人の男たちに囲まれて走って来ます。きっとあの女の子の母親でしょう。私はあの同業者がセーヌの河畔で物思いにふける姿を思い出しました。きっと同業者は、あの中年女に同情していたのでしょう。私たち死神は、いつも悲しみとやるせなさに立ち会う因果な商売なのでございます。


さて、そろそろオルセー美術館に戻るとしましょうか。今日は美術鑑賞を終えた後、確かモンマルトルに行く予定でしたな。これはついてる、ちょうど満さん夫妻が美術館から出てきたところです。なんと奥さんの幸せそうな表情なのでしょう。おや、近づく私を奥さんが見咎《みとが》め、じっと凝視しておりますぞ。どうやら私の存在が分かったようです。とすると、奥さんは自死を意識し始めたのでしょうか。

「満さん、今度はモンマルトルに行きたいなぁ」

「いいよ」

あれっ、一瞬身構える私から目を離し、満さんに振り返りました。私のことを告げると思いきや、次の予定をおねだりです。やれやれ、私としたことが一瞬うろたえてしまいました。

「モンマルトルのシンボル、サクレ・クール寺院を見たいし、私の大好きなユトリロの描いた『白の時代』（一九〇九～一九一六年）の『ドウィユの教会』や『コタン小路』『テルトル広場』に行き、ユトリロと同じ空気を吸ってみたいの」

「お安い御用だよ。すぐに案内所でタクシーを呼んでもらい、そっちに行こう」

満さんが急ぎ足で美術館に戻って行きます。その間、奥さんはすっかり私の存在など忘れたらしく、目を細めてセーヌ川とその先のエッフェル塔を見詰めております。

「ごめんごめん、待たせたね。すぐにタクシーが来るそうだ。ほら来た来た。さすがに観光都市パリだ」

さっそくやって来たタクシーにふたりはいそいそと乗り込みました。早口のフランス語で行く先を聞いているらしいのですが、満さんが自信たっぷりに示した紙片を見て大きくうなずき、車は滑るようにオルセー美術館を離れていきます。セーヌ川沿いの道をしばらく行き、橋を渡ってコンコルド広場を通り過ぎて、さらに大通りを行きます。ここはパリの中心に近く、右側にオペラ座の古風な建物が見えてきました。さらに荘重で重厚な建物の並ぶ道を行くと遥か先の前方の丘に、ビザンチンスタイルの白いドームを持つサクレ・クール寺院が見えてきました。平らなパリの街から見ると、モンマルトルは海抜一三〇メートルある、ちょっとした山です。ゆるやかな坂道を行くと、次第に小さなカフェやレストランが目立つようになりました。ここはルノワールやユトリロ、ロートレックなどの芸術家たちが住み、青春時代を善きにつけ悪しきにつけ、過ごした町だそうです。

「ウウウウ、お腹すいた。腹すいたよ、デブ。なんとかしろ」

「ええっ、繁ちゃん、何？」

突然、奥さんが唸り始め、激しく体を上下に動かし始めました。

「腹減ったんだよ、禿。何度言ったら分かるんだ、このボケ、オタンコナス」

「おっ、ごめんごめん。すぐ食べようね」

空腹を訴える奥さんを抑えて、満さんはあわててポシェットの中から何やら赤色の紙片を取り出しました。

「何やってるんだよ。早くしろ、このどじ野郎。ワアアアー、腹へったよ」

突然の奥さんの奇声と暴れ出した様子に運転手が驚き、怪訝な目付きでバックミラー越しにふたりを見詰めています。

「パルドン（すみません）。コネセ　ヴァンポン　レストラン　プレディスィ？（この近くでいいレストランをご存じですか？）」

「ウィ（はい）」

「ジュ　ヴドレ　アレ　オ　レストラン（レストランに行きたい）」

「ダコール（分かりました）」

驚いたことに、満さんが紙片を見ながらフランス語で会話をしております。不安な様子の運転手が、そのぎこちないフランス語を聞いて安心したらしく、すぐ近くに見えてきた素敵なレストラン前で急停止しました。

「メルスィ（ありがとう）」

満さんがほっとした表情で、運転手の助けを借りて、ふてくされる奥さんをタクシーから降ろしました。満さんがタクシー代を払うと、運転手は逃げるように走り去っていきます。

〈大丈夫ですか、値段が高そうですなぁ〉

〈いや、ここではなくあそこのオープンカフェにします〉

私は目の前の高級レストランを見て、満さんの懐《ふところ》具合を考えました。なにしろあの悪い若者たちにカバンを奪われ、何かと出費しておりますので、軍資金の不足が心配だったのです。しかし、満さんは向こうの小さなカフェ前にあるテーブルに寄っていき、奥さんをそこに残して店の中に入っていきました。独り残された奥さんはきょろきょろ周辺を見渡し、体を激しく揺らし、今にも爆発寸前です。

「あいよ、あいよ、繁ちゃんの大好きなサンドウィッチだ。それとオレンジジュースだよ」

ああ良かった。満さんが戻り、野菜やチーズ、そしてサラミやハムをはさんだフランスパンを見た奥さんは途端に笑顔になり、まるで幼児のようにそれにむしゃぶりつきました。テーブルにはそのほかコーヒーやホットドックを置いて、満さんはやれやれといった表情で椅子に座りました。

〈よくこれだけのものを買えましたねぇ〉

フランス語の話せぬ満さんがよくこれだけ買い揃えたことに、私は驚き感心しました。

〈いや、身振り手振りで、大変でしたよ。さて、私も朝食が軽かったので、腹が空きました。失礼しますよ〉

私に断った満さんはテーブルの上のホットドックを取り上げ、頬張っております。こんな時、私たち死神は空腹を覚えると、想念の世界に生きておりますので、その物を想像するだけで食べた気持ちになってしまうという利便性を持っております。まぁ、私のことはどうでもいいですが、奥さんが食べ終え正常に戻ったらしく、満さんに話し掛けております。ふたりの会話に耳を傾けてみましょう。

「満さん、早くモンマルトルに行きたいなぁ」

「あっ、繁ちゃん、ここがモンマルトルだよ」

「えっ、本当。それならテルトル広場に行って、サクレ・クール寺院を見て、それからそれからコタン小路……」

「分かった分かった、ゆっくり行こうね」

「私ねぇ、若い頃、東京のどこかの美術館で見たユトリロの絵を思い出しているの。今、私はユトリロと同じ目線でモンマルトルを見詰めているのよ」

「さぁ、ユトリロ繁さん、そろそろ出発しますか」

幸せそうな笑顔の奥さんに満さんは冗談を言い、ポシェットからパリの地図を取り出し、モンマルトルをチェックし、清掃にやって来たボーイに身振り手振りで地図を示して確認しています。

「テルトル広場はこの先だって」

満さんはゆっくりと車椅子を押し始めました。そのオープンカフェの前のなだらかな坂道をしばらく行くと、木々の間からレストランやカフェに囲まれ、観光客の数が目立つ広場が見えてきました。全体を見渡すとイーゼルを立て、スケッチブックを片手に多くの似顔絵描きたちがおります。それを見物する多くの観光客が押しかけ、まるでお祭り騒ぎです。

「あらあら、哀愁に満ちて孤独感を感じさせたユトリロの『テルトル広場』の絵とは全然違う。ねぇ、サクレ・クール寺院に行きましょう」

満さんも、あまりの賑やかさに驚いております。さっそくテルトル広場に背を向け、向こうに見えるこの丘のシンボル、サクレ・クール寺院に向かって行きます。

「待って、ちょっとここで止まって。この角度かしら、一九四〇年代頃、ユトリロが老年に入った頃に描いた絵を思い出したの」

奥さんは、西陽を受けたビザンチンスタイルの白いドームの教会をじっと見詰めております。

「幼い頃、私生児だったユトリロがモンマルトルのいじめっ子や悪童たちに罵《ののし》られ、石を投げられて逃げ込んで、一時的にせよ心身の安らぎを得た教会があれなのね」

満さんに話し掛けていた奥さんが、突然、嗚咽《おえつ》を始めました。

「ど、どうしたの、繁ちゃん」

「ううん、なんでもないの。ユトリロは教会だったけれど、私はお寺だったわ。なんだかユトリロの幼い頃に重なるところがあって、つい。ごめんなさい、満さん」

「いいんだよ、少し疲れたかな、寒くなってきたし、そろそろホテルに戻ろう。明日も明後日もパリにいるんだからね。無理しないようにしよう」

「ええ、そうするわ」

満さんは今来た道を戻っていきます。奥さんがゆっくりパリの下町風情を観察できるように、スピードを抑えております。たまたま石畳の道がある所は、慎重にまるで壊れ物を運ぶように奥さんに気を遣っております。日本を発って精神的にも肉体的にも一日も休まる日などない満さんの後ろ姿に、私は熱いものが込み上げてくるのを感じました。

次第に陽の影が長くなり、少しずつですが薄闇になってまいりました。車の行き来も多くなり、大通りに出ると流しのタクシーが走っております。満さんはポシェットから再び紙片を取り出し、走っているタクシーに手を振りました。たちまち一台のタクシーが止まりました。なんだか怖面《こわおもて》の運転手です。満さんと車椅子に乗る奥さんを一瞥《いちべつ》して黙って走り去っていきました。再び満さんが歩道の突端まで歩み寄り、身を乗り出して手を振っております。しかし、今度はなかなか空きのタクシーがやって来ません。たまたま寄って来たタクシーは、やはり満さんと奥さんをちらっと見て、スピードを緩めず去っていきます。すでに夕闇がすっぽりと辺りを覆い始め、車のヘッドライトが眩しく感じる頃、やっと一台のタクシーがふたりの前に止まりました。車椅子に乗る奥さんは待ちくたびれてぐったりと頭を前に垂れ、異国の夕方の道路で必死にタクシーを止めようとする満さんも、目の下の隈《くま》が色濃くなっておりました。ぐずる奥さんを励まし、運転手の助けを借りてやっとタクシーに乗せた満さんは、祈るような眼差しでホテルの名と住所を記した紙片を運転手に示しました。

「ウィ（はい）」

人の良さそうな年配の運転手は、それを見て大きくうなずき車を発進させました。奥さんは程なくすると安心したらしく、軽い寝息を立てて寝入ったようです。タクシーは多くの車が行き来する、喧騒の大通りをスピードを出して走っております。前方は、夜空を染める眩いばかりの光が氾濫するパリの中心部です。遥か遠く、エッフェル塔がライトアップされて見えます。左右のライトアップされた歴史的建造物が目立ち始めると、いよいよホテル近くのセーヌ川に近づいてきます。橋を渡り、しばらく行くと左側のビルの壁面に鶴のマークが見える高層ホテルが見えてきました。

「繁ちゃん、起きておくれ。ホテルに着いたよ」

タクシーは、ホテル正面玄関前に停車しました。運転手が車椅子を外に出し、奥さんの体を支えながら満さんが車椅子に乗せました。少しの間でも熟睡したらしく、奥さんの機嫌が良さそうです。

「メルスィ、ボンヌ　ソワレ（良い夕べを）」

満さんがチップを弾んだらしく、運転手は上機嫌で去っていきました。奥さんが機嫌が良ければ、満さんも当然気分が良さそうです。和やかな会話をしながらホテルに入っていく、車椅子を押す満さんの背中が笑っております。

「繁ちゃん、今夜はシャンゼリゼ大通り沿いにある一流レストランで、本格的なフレンチ料理の夕食を食べに行こう」

「わぁ、うれしい。でも、お金の方は大丈夫なの、そんな贅沢して」

「何を言ってるんだい。そんな心配はいりません。このところファストフードばかりだっただろう。せっかくパリに来たんだよ、本物の味を楽しまなかったら、来た甲斐がないよ」

ふたりの会話はエレベーター口まで続いています。

「わぁ、すごいすごい。私、ドレスアップするつもり、楽しみだなぁ」

「ドレスアップ？」

「そうよ、だって正式なレストランでしょう。その日のためにと思って、私、イブニングドレスをカバンに入れて来たわ。そうだ、日本から持って来たカバンはどこにあるの？」

「あっ、あれね、後で出すよ。それより夕食までまだ時間がある。シャワーを浴びるとするかい」

「え？　本当。そうしてくれると嬉しいわ。この数日あわただしかったでしょう。さっぱりしたかったけれど、あまり満さんに我がままを言えないし、本当に嬉しいわ」

「よし、そうと決まれば、早く部屋に戻ろう」

やがてエレベーターがやって来て、ふたりは七階の部屋に向かって行きます。私は奥さんの言葉が気になりました。盛装したくとも、カバンはあの若者に持っていかれてしまったのですから、満さんはどう言い訳するのでしょう。それと、高級レストランとはまたまた出費です。満さんの懐具合は本当に大丈夫なのでしょうかねぇ。もしかすると……いやいや、まだ数日と言っておりましたから、私の考え過ぎでした。

満さんの部屋に戻ると、バスルームからふたりの弾んだ声が聞こえます。ふたりが部屋に来るまで私はしばしバルコニーに出て、赤・青・黄色と色彩が爆《は》ぜるパリの夜景に見とれていました。

「ねぇねぇ満さん、なんだか盛装に着替えてまた外に行くのが面倒になったわ。ルームサービスを頼んでもいい？」

しばらくすると、シャンプーの香りと一緒に奥さんの声が聞こえてきました。

「ああ、もちろんいいとも。今夜はワインも注文して、盛大にパリの夜を楽しむんだ」

「嬉しい、嬉しい、素敵。今日はオルセーも行ったし、モンマルトルでユトリロの面影にも会ったし、最高の一日だったわ。満さん、本当にありがとう」

「なんのなんの、これまで苦労かけてきた繁ちゃんへの、ほんのわずかな感謝の気持ちだよ。まだまだ明日や明後日もあるよ。楽しみにね」

「あらあら、嬉しいことを言って。もう酔っているのではないでしょうねぇ」

「アッハハハハハ、しらふしらふ」

夫妻の明るく楽しい会話がパリの夜に溶け込んでいきます。ふたりのこの様子では、この先数日はパリで楽しく過ごすようですね。しかし、時々奥さんに感じる自死のシグナルは、日本を出る時、満さんの「二度と日本に戻らない」という言葉に奥さんも心の中で共鳴し、覚悟しているのでしょうか。とすると、私は満さんだけをターゲットに娑婆に下りて来たものですから、天上の上司にお伺いを立て、ふたりを同時に天上に召すという準備が必要となります。これは大変、もし私の手落ちでふたりが別々に、そして離れ離れに召すことにでもなれば、私の一生の不覚になります。ふたりの強い愛の絆は、霊界でも途切れてはなりません。ふたりの様子を見ていると、しばらく私が観察していなくても大丈夫でしょう。善は急げです。私はこれからすぐ天上に戻る所存でございますので、しばらく失礼いたします。


「ああ、驚いたわ。まさか出張のシェフさんが来るとは思わなかったわ。それもフランス人の。私、普段着で失礼だったんじゃない？」

「ハハハハハ、繁ちゃんを驚かしたのさ。しかし、目の前で料理してもらうなんて、最高の雰囲気だよね」

「そうよ、私、生まれて初めての贅沢をしたみたい。あのフランス人のシェフの方、日本語が上手だったわねぇ」

「ここはN航空直営のホテルだから、日本人客が多いのさ。ワインも悪くなかったね」

「ええ、少し酔ったみたい。満さん、カーテンを全部開けてくれる。パリの夜景を見ながら眠りたいわ」

「あいよ。明日はちょっと遠出して、モン・サン・ミッシェルを見に行くんだ」

「あの有名な、海の上に浮かぶ修道院のことね」

「そう、フランスに来たら一度は行く所だと、フロントの人のお薦めだ」

「それは楽しみ。素敵な夜景を見ながら眠るなんて、なんだか夢みたい。ねぇ、満さん、本当にありがとう」

「なんのなんの、それじゃゆっくり眠るんだよ」

満さんは奥さんに毛布を胸まで掛けると、部屋の中央のテーブルに寄って行き、食後の後片付けをしてベッドに入った。室内灯を消すと、眼下の宝石を散りばめたような眩い光の園から車の騒音がかすかに聞こえる。ワインの酔いのせいかしばらく夜景を見詰めていた満は、いつしか深い眠りについていった。彼の脇には、すでに小さな寝息を立てている妻の繁子がいた。

〈なんだろう、きな臭いなぁ〉

どれほどしただろう、部屋の外から誰かのかすかな叫び声と非常ベルの音が聞こえ、何かが焦げるような匂いがして満は目を覚ました。脇には小さな寝息を立てている幸せそうな寝顔の妻の顔があった。窓の外はまだ夜の帳が明け切れず、星の輝きが消え入りそうに弱々しい。下の通りから、消防車のけたたましいサイレンの音が次々と聞こえてくる。その時突然、室内電話が激しく鳴った。満はあわててベッドを出て受話器を取った。

「お客様、突然で申し訳ありません。ただいま三階が火事です。誠に申し訳ありませんが、お荷物をまとめ、係員が避難誘導にお伺いしますまで、そのまま動かずにお待ちください」

〈か、火事！〉

満さんは受話器を置き、振り返った。

「なんの電話？」

「繁ちゃん、驚かないでね。このホテルが火事だって。すぐに係員が来るから、服を着替えよう」

「火事……」

繁子は小さく呟くと満の顔をじっと見詰めた。その時、廊下を走る乱れた足音と叫び声が聞こえた。ドアの隙間から煙がわずかに部屋に入って来て辺りを漂い、息苦しくなってきた。

〈あっ〉

窓の外を見ると黒い煙が勢いを増し、どんどん上昇し、次第に視界をさえぎっていく。

「繁ちゃん、早く起きな。着替えるんだ」

「待って、満さん。私はこのまま寝ていたい」

「えっ、逃げないと死んじゃうよ」

「ううん、このまま死んでもいいわ。私の病気はもう良くならないわ。これ以上満さんに迷惑を掛けたくないの。それと私の念願の夢も叶い、こうしてパリにいるわ。もうこれ以上の倖せは来ないと思う。だから満さん、独りで逃げて」

「繁ちゃん……」

ドン　ドン　ドン

その時、乱れる足音が廊下でし、激しくドアをノックする音がした。誰かが叫びながら走っていく。

「お客さん、枯木野さん、すぐに退避します。ドアを開けてください」

係員の怒鳴る声に交じり、激しく物が爆ぜる音が聞こえ、前より一層、煙がドアの隙間から入って来る。

ドン　ドン　ドン
「満さん、早くドアを開けて逃げて」

繁子の叫び声に満はドアに行きかけたが立ち止まり、振り返った。

ドン　ドン　ドン
「お客さん、火がすぐ下の階まで来ています。急ぎませんと危険です。ドアを開けてください。おい、早くマスターキーを」

ホテルの係員が絶叫し、激しくドアをノックしている。

「私たちに構わず行ってください」

「お客さん、お客さん、何を言ってるんですか、アアアア」

満さんはドア越しに大声を上げるとドアチェーンを施錠《せじょう》し、妻のベッドに戻っていった。彼の背後で激しくドアを叩く音が止み、その代わりに物が落下する音が聞こえた。部屋の中は薄煙がいっぱいに漂い、突然スプリンクラーが作動し、水しぶきがシャワーのように頭の上から降って来た。

「ゴホン、ゴホン、満さん、いいの」

「ああ、ゴホン、ゴホン、おいらは繁ちゃんと一緒だったら倖せさ。ゴホン、ゴホン」

「私の傍に来て、手を繋いで。ゴホン、ゴホン」

「あいよ。ゴホン、ゴホン」

室内電話が突然鳴った。ドアの隙間から入って来る煙の色が黒っぽくなり、異臭がする。

「繁ちゃん、怖くないかい」

「全然、私は満さんと一緒なら、何も怖くない」

鳴り続いていた室内電話が止んだ。

「繁ちゃん、ごめんよ。ゴホン、ゴホン、おいら、死ぬ前に詫びたかったんだ」

「何を？」

「繁ちゃんの画家の才能をおいらが邪魔して、思うように制作の時間を与えなかった。本当にごめんよ」

「なんだ、ゴホンゴホン、そんなこと。満さんと出会えたからこそ、色々な人生経験ができたわ。最後の作品の『予感』は私の集大成。ゴホンゴホン、その作品ができただけでも満さんに感謝しているのよ」

「本当かい、ゴホンゴホン、そう言ってくれておいら嬉しいよ」

次第に消防車のサイレンと物が燃え落ちる音が周囲で激しく聞こえる。

「満さん、ゴホンゴホン、見て、外の景色。きれいな朱の色。私には描けないわ、あんなに美しく」

繁子の声で満が窓の外を見ると、激しく黒煙が噴き上げ、黄を帯びた赤色の焔《ほのお》が七階の建物を嬲《なぶ》り始めた。

〈あれあれっ、あの激しく噴き上げる焔と黒煙は、満さん夫妻の泊まるホテルの方向ですよ。急がないと〉

やはり、満さん夫妻の宿泊先のホテルですよ。ええと、満さんはどこかな。いたいた、いましたよ。セーヌ川沿いの道をお互いに腰紐でくくり合い、奥さんと手を繋いでゆったりと浮遊しておりますなぁ。

〈おはようございます〉

〈あっ、死神さん、どこへ行ってたんですか〉

満さんが満面の笑みを湛え、振り返りました。奥さんが朝の陽を受けて目を細め、私に会釈をしております。

〈おふたりを天上へ召します準備で留守にしておりました〉

〈そうでしたか、よろしくお願いいたします〉

〈それではいったん日本に戻りまして、それから天上にご案内いたします。こちらはフランスですので、色々取り決めがありまして、悪しからず〉

〈そうなんですか、大変だ。繁ちゃん、パリを離れるけど、いいかい〉

〈私はいいわ。満さんと一緒なら〉

〈アハハハハ、おふたりは本当に仲がよろしくていいですねぇ。ところで、奥さんは何かお探し物でも〉

〈いえねぇ、カバンをこのセーヌで落としたらしいのですよ。でも、日本に帰ったら、おいらがその分買うから心配するなと言ってたんですよ、なぁ、繁ちゃん〉

〈ええ〉

素直にうなずく奥さんは、なんだか生まれ変わったように美しく見えます。

〈それではおふたり様、天上にお連れいたします前に、まずは日本へ〉

〈よろしくお願いいたします〉

ふたりはまるで幼稚園の園児のように手を繋ぎ、礼儀正しく私にお辞儀をすると、私の後について来ました。

「拓也、見ろ見ろ、昼のニュース」

「うるせぇなぁ、昨夜は遅くまで仕事をしていたんだ。もっと眠らせろよ」

安アパートの一室、テレビの画面は、昨夜のNホテルの火災現場を映している。

「おい拓也、このじじいとばばぁ、覚えてないか」

画面には焼死体で発見された邦人の老夫妻の写真がアップされていた。

「あっ、あのふたりだ」

「あの糞たれ婆は、有名な画家だったんだなぁ」

「『予感』、あっ本当だ。今年の日展の特賞だってよ」

画面は枯木野繁子の作品『予感』が全面アップに映り、解説者が繁子の人となりを話している。

「すげぇなぁ、なんだか惹き付けられるなぁ。ユトリロの『ドウィ教会』みたいで迫力ある」

「『ドウィ教会』？」

「うん、一九一二年の作品で『可愛い聖体拝受者』とも言われた、『白の時代』の傑作だよ。おい、智幸、おまえ本当に美大出か？」

「ふーん、ところで連中から掻《か》っ攫《ぱら》ったカバンはどうした？　遺品として売れば高値が付くぞ」

「知らねぇよ、たいした現金も入っていなかったから、夜、セーヌ川にぶん投げた」

「ああ、惜しいことをしたなぁ」

拓也と呼ばれた若者がその言葉に啞然としている。

「智幸、俺、おまえといると本当の悪党になりそうだ。あの枯木野繁子さんが言っていたように、俺はもう一度、このフランスでやり直しをするよ」

「おいおい、何を言ってんだ急に。おい、なんだよ荷物まとめてマジで出て行くのか？」

「ああ、それじゃあな。俺は乞食をしてでも、何かを掴んで日本に帰るよ。サヨナラ」

その日。枯木野繁子の影響を受けた若者が一人、パリの下町の安アパートから頭陀《ずた》袋一つとイーゼルを抱えて、画家の聖地、南仏のプロヴァンス地方へ旅立っていった。

第2話　晩節燦々《さんさん》

暗井留吉　七十三歳

駅前近くの喫茶店のドアを開けると、ぷーんと香ばしいコーヒーの香りに交じり、さらっとした冷気が心地よく体を通っていきます。店内に入ると、ええと、スポーツ新聞を食い入るように見る営業マン風の中年男、買い物籠を引き寄せて、声を忍ばせひそひそと話しているふたりの主婦、そうしていたいた、いましたよ。お目当ての壁を背にして座る白髪の老人、彼こそが本日、私が探しておりますターゲットでございます。

白いワイシャツに地味なネクタイをだらしなく締め、近づくと袖口から花車《きゃしゃ》な腕を出して、何やら熱心にメモをとっておりますなぁ。

〈お待たせいたしました〉

私の言葉に、ぎょっとして老人が顔を上げました。しかし、私をしばらく見詰めていましたが、私の姿に怯《おび》えることもなく、まるで私を無視するかのように、伝票をつかんで立ち上がると出口に向かって行きます。

背筋を伸ばして歩く後ろ姿は、まだまだ若く見え、私が手を差し延べる人間にはとうてい思えませんが……。彼は喫茶店を出ると、まるで私から逃れるように、真っ直ぐ急ぎ足で駅へ向かって行きます。私も当然彼を追い掛け、引き止めて引導《いんどう》を渡さねばなりません。

おっと、申し遅れましたが、私は自殺もしくは自死を望まれます人に寄り添い、できるだけその人の苦しみの負担を取り除き、心安らかに天上にお導きいたす死神でございます。私どもは天上から自殺もしくは自死を望む人が出しますシグナルをキャッチして、その方の元に馳せ参じるのが掟でございまして、今回はあの老人からの赤い点滅信号、つまり自死信号を見かけましたので、急ぎ娑婆《しゃば》に降りてきたのですが、私を他人のように見詰める素振りからして、どうやら私の勘違いかもしれません。しかし、本人に問い合わせてからでないと、私もおいそれとは天上に戻れませんので、ここで失礼いたします。

いたいた、定位置のホームに立つ彼の姿がありました。ここで時間を確かめ、カバンから携帯電話を取り出して着信をチェックするころ、定刻どおりの電車が入って来て、彼の判で押したような日常が始まるのでございますね。車内に入った彼は空いた席に座り、目を閉じております。老人の毎日の通勤は辛いのでしょう。私は今すぐの接触を避け、しばらく彼を観察することにしました。

「あっ、暗井先生、お待たせしてすみません。ただいま赤沼先生から電話連絡があり、風邪《かぜ》が治ってこちらに向かっているそうです。したがって、本日の代講は結構で……」

「ああ、そうですか、分かりました。それでは午後の私の授業まで資料室にいることにしよう」

「本当にすみません」

あたふたと教員室を職員が出ていきます。それを見送ると彼は大儀そうに立ち上がり、部屋を後にします。その後ろ姿は惨《みじ》めな思いが漂い、悲しそうです。それは恐らく彼の教師としての矜持《きょうじ》を傷つけた痛みなのでしょう。

私に連絡をして来たこの老人の名前は暗井留吉、七十三歳。二年前に少子化の波を受けて四十数年間も経営していた英語塾を涙ながらに閉鎖し、生活のためにと都内の予備校の非常勤講師に就職したのでございます。十年前、病気がちだった身体の弱い彼の糟糠《そうこう》の妻は他界し、独り身の不自由な生活を強いられながらも耐えてきたのでしょうが、昨日、将来の生活設計において頼りにしていた、大阪に住む息子夫婦の交通事故の悲報に接し、ついに心が折れ、私に連絡してきたのでございましょう。

留吉さんは、生まれたときからついておりません。昭和十六年、彼は茨城の貧しい農家に九番目の子供として誕生しました。両親は身売りのできる女の子を望んだらしいのですが、生まれてきた男児にうんざりし、これで「打止め」の意味を含めて留吉と名付けたのでございます。つまり、生まれたときから穀潰《ごくつぶ》しで、厄介者として扱われたのです。

小学校、中学校は無料就学ですが、有料の高校など論外で、中学校を卒業するとすぐに彼は埼玉県川口市の鋳物工場に就職し、同年齢の仲間が青春を謳歌《おうか》しているころ、彼の青春は汗と油まみれで過ごしていたのでございます。

しかし、彼は奇跡的に捻《ひね》くれることなく、近くの県立高校の夜学に通い、学問に目覚めて、ついには国立埼玉大学教育学部に入学したのでございます。工場のオーナーは彼の偉業を讃え、彼を婚養子にと、諸手を挙《あ》げて賛成する実家の父母と話を進めました。しかし、留吉さんは一生を鋳物工場で過ごす気持ちはさらさらなく、埼玉大学を休学し、ある夜、身勝手とは思いましたがひっそりと川口の工場を出て東京にやって来たのでございます。

それからは、生きていくための本格的な苦労が始まりました。しかし、持って生まれた明るさでしょうか、新聞配達から始まり種々の職業を経て埼玉大学を卒業しました。やがて無謀にもアメリカに渡り、そして、違法ではありましたがあちらで死にもの狂いで働き、驚いたことに寿司屋の下働きでスポンサーを見つけて、ニューヨーク州立大学に通い始めたのでございます。すべてが幸運と思えた留吉さんのアメリカでの生活も、思わぬところでこけてしまいました。当時、アメリカはベトナム戦争で泥沼に落ち入り、あえいでいました。そして、市民の厭戦気分《えんせんきぶん》が巷《ちまた》に漂い、留吉さんたち学生は大学構内で反戦のストライキに入ったのでございます。しかし、反戦脱走アメリカ兵の国外脱出援助など革新的な反戦思想が過激となり、当局はそのデモに危険を感じて警察、軍隊をも動員して徹底的に排除し、多くの学生たちが逮捕されたのです。運悪く留吉さんもほかの日本人留学生と一緒に検挙され、州刑務所に収監されました。正式な学生ビザを持たなかった留吉さんは本国日本に強制送還され、身一つで帰国したのでございます。しかし、幸いなことに、刑務所内で知り合ったべ平連のメンバーの伝《つて》で中野のアパートに落ち着き、やはりメンバーの紹介で学習塾の講師の仕事に就けたのは、留吉さん三十歳のときでありました。

茨城の実家には当然、強制送還の報は入り、留吉さんにはしばらく日本の公安警察の目が光っておりました。両親はまだ健在でしたが、彼に対して勘当《かんどう》扱いにし、以降、一切音信不通になったのでございます。可哀想ですが、留吉さんは生まれたときから両親とは縁の薄い存在だったのですね。

その後も、細々と学習塾の講師を続けていた彼に資金的に援助する不動産屋が現れ、自宅兼教室を借りられ、それから英語塾を開設し、生徒たちに面倒見の良い暗井さんは評判が良く、一時は順風満帆だったのです。しかし、塾経営も少子化という社会現象に呑まれ、惜しまれながら倒産するまで四十数年、英語一筋に生きてきた人生でした。それは謹厳実直を絵に描いたような四十数年間でした。相変わらず国家権力に対しての反骨精神は旺盛で、若い時から年金などの受給を考えておらず、清貧に生き、亡き奥さんはずいぶん苦労したことでしょう。

七十三年間、薄俸《はっこう》ではあったが一度も道を違《たが》えたこともなく真実一路の留吉さんに、私としては、一日も早く奥さんの待つ倖せなあの世にお連れしたいのですが、これは私のいらぬお節介なのでしょうか。

おやおや、私が油を売っている間、早いもので留吉さんのお帰りです。授業のある日もない日も、彼は予備校を五時に出ます。それは彼の習慣でもあり、生きている証となる一日の決まりなのです。

来たときと同じ路線を利用し、彼は帰宅していきます。家に帰っても誰が待つでもなく、途中どこも寄ることもなく、やがて自宅最寄りの駅に下車し、いつものように惣菜《そうざい》屋に寄って食事の……。

おや、今日は珍しく町の信用金庫の自動キャッシングコーナーに寄って行きますなぁ。そうそう今日は、留吉さんにとって待ち焦《こ》がれた給料日でした。恐らく留吉さんの今の財布には、一〇〇〇円も入っていないはずです。毎日の予備校の非常勤講師の手当てなど、高が知れています。家賃・電気・水道・ガスなど生活に必要な料金を支払うと、残りはわずかな金額なのです。今朝私を拒否したのは、きっとこれらの支払いを終え、あの世に旅立つつもりなのでしょう。つまり「立つ鳥、跡を濁《にご》さず」の喩《たとえ》でございます。さすが留吉さんでございます。頭が下がりますなぁ。

「あれ、なんだなんだ」

おや、通帳を見て留吉さんが大声を出して驚いていますよ。寄ってみましょう。

〈どうしました?〉

〈いや、僕の通帳に大金が振り込まれているのです〉

突然の私の出現にも驚かず、今度は私を敬遠せずに話し掛けてきました。

〈二千万円ですか。これは大金だ。振り込み先の会社名に心当たりはないのですか?〉

〈財部商事?　心当たりがないですね〉

留吉さんは周辺の様子をそっと窺《うかが》い、盛んに頭を傾《かし》げ、足元が小刻みに震えております。無理もありません、彼にとって二千万円の大金を掴《つか》んだことなど、今までにないのですから。

〈ともかく家に帰り、財部商事を調べます〉

留吉さんは給料分を引き出し、改めて残金を調べてその通帳をカバンに入れ、まるで悪さをしたかのように、こそこそとキャッシングコーナーを出て、惣菜屋に寄るのも忘れ、家路を急いでいます。

〈財部、財部、あっ、財部一郎の会社かもしれないなぁ〉

思い当たる節があるらしく、自宅に戻るとすぐに本棚から資料集のファイルを取り出しました。

〈きっと財部一郎ですよ。間違いない。あいつは今、贈収賄事件の首謀者の一人です。きっと証拠隠滅のため、僕の口座を利用したに違いない〉

留吉さんが興奮した面持ちで、私にファイルから名刺を抜き出して見せました。見ると古い名刺で、財部一郎の名が記されています。

〈僕が若いころ、当時、市議会議員の選挙に立候補した中学時代の幼馴染み、財部一郎の選挙事務所でアルバイトをしました。そのとき、確かアルバイト料が振り込みのため、口座番号を教えた記憶があるのです。当選した後、ボーナスとして忘れたころに振り込まれたので、良く覚えているのです〉

今、マスコミで盛んに取り沙汰されている、大物歌手が絡《から》んでの大手ゼネコンとの贈収賄事件の渦《か》中の人物だそうです。

〈昔から狡賢《ずるかしこ》い男でしたが、国会議員になっても変わらんですなぁ〉

留吉さんは真実一路、謹厳実直、清貧に生きるが身上でしたから、一瞬迷っていましたが、ファイルから最近の財部一郎の国政報告書を取り出し、議員会館に電話をしました。

「私は財部一郎代議士の市議会議員時代からの支持者であり、中学時代の同窓の暗井留吉と申します。お忙しいところ誠に申し訳ありませんが、先生にお聞きしたいことがありますので、お取り継ぎをお願いできますか？」

「少々お待ちください」

秘書が出たらしく、留吉さんが受話器を握っております。

「あっ、お待たせいたしました。先生にあなた様のお名前を申しましたが、心当たりがないそうです」

「えっ、心当たりがない。幼馴染みの私ですよ。茨城から上京しましたが一時期、財部君が政界に出るので応援した私ですが、お忘れですか。それでは財部商事とは彼の会社ですか？」

「ざ、財部商事ですか。少々お待ちください」

秘書があわてたらしく、どぎまぎした声で留吉さんに対応しております。

「もしもし、私は第一秘書の黒田と申します。あなたはどなたですか？」

声の質が変わり、野太い声が向こうから聞こえます。

「ですから、私は財部君の中学時代の同窓、暗井留吉です。先ほど、財部君は私のことを知らないと申しておりましたが、幼馴染の名前を忘れるとは不思議ですなぁ」

「もう一度先生に確かめますので、お待ちください」

留吉さんの顔に不思議な笑みが浮かんできました。

「あっ、お待たせいたしました。やはりあなた様のことは知らないそうです。それと財部商事など私たちとは一切関係ありません。あなた様は何か私どもに敵意を抱いて電話されているのでしょうか。もしそうであれば、警察の方に……」

「いえ、そういう者ではありません。たまたま財部商事名で私の口座に振り込みがありましたもので、問い合わせをしただけです。それでは私は勝手に引き出しますが、よろしいですね」

「再度申しますが、財部商事は私どもとはなんの関係もありません。したがいまして、あなたが引き出そうと、私たちの知ったことではありません。それよりも、このような電話を今後一切こちらにしないようにお願いいたします」

電話は、怒気《どき》を含んだ声で乱暴に音を立てて切れました。

〈ほほう、先方は怒っていますねぇ〉

〈無理もありません。もしかしたら僕が全部引き出してしまうかもしれないからです〉

私の声に留吉さんの顔が再び不思議な笑顔で歪《ゆが》みました。

〈ちょっと失礼〉

突然、留吉さんが立ち上がり、本棚の下の方から電話帳を取り出し、ページをめくっております。しばらく探していた後、今度は受話器を取り上げました。

「もしもし、財部商事という会社の電話番号を教えて下さい。いえ、住所は分かりません。あっ、そうですか、はい、分かりました」

「ワッハハハハ」

受話器を置くと留吉さんが通帳を持ち、突然笑い始めました。どうしたことでしょう。

「ワハハハハ、財部め、僕の証言と通帳が公《おおやけ》になったら、奴は確実に刑務所だ。この金は宙に浮いた言わば悪銭《あぶくぜに》だ。僕が自由に使おうとも誰も咎《とが》めはしない」

留吉さんが狂ったように大声を出して笑っております。なるほど、留吉さんの笑いの理由が分かりましたが、清貧を誇りにしていた留吉さんのまさかの変身振りに、私はお金の怖さをしみじみと感じました。

しかし、人生とは実に不可解なものでございますねぇ。さんざん金銭に苦労していた留吉さんに、晩年になって大金が転がり込むなんて。

留吉さんに対して、この様子ではしばらく私の出番はなさそうでございますね。だからといって、すぐ天上に戻れないのが、私たち死神の定《さだめ》なのです。つまり、いったん留吉さんから連絡を受けた私は、留吉さんを天上に導くまで、担当として彼から離れられないのでございます。しかし、これまで数え切れないほど数多《あまた》の人を天上に導きましたが、今回の留吉さんは浮き沈みが激しく珍しいケースで、いささか私は戸惑っている次第でございます。いずれにしても、留吉さんは私のことを毛嫌いしておりませんので、今後はもっと親密に接し、彼の心の変化を掴《つか》みとりたいと思います。

あれから一ヶ月ほど経ちました。相変わらず留吉さんの判で押したような毎日が続いております。変わったといえば、留吉さんの容姿でございましょうか。頬が痩《こ》け、目が窪《くぼ》み、見るからに痩せこけてきました。真面目な留吉さんは、悪銭を抱《かか》えたがために、毎日の電話や自宅訪問に気を遣い、心労が激しかったのでしょう。眠れぬ日々もあったようです。その間、テレビニュースでは、あれほど世間を騒がした例の代議士、財部一郎が収賄容疑で逮捕され、留吉さんと話したあの第一秘書が、自殺した旨の報道が流れておりました。

そんなある日、珍しく強張《こわば》った表情で留吉さんが家を出ました。周囲を気にし、駅への道を急いでおります。おや、いつも寄る喫茶店を通り過ぎ、留吉さんが取り引きしている信用金庫の自動キャッシングコーナーに肩をいからせて向かって行きますよ。いよいよ悪銭を引き出す気持ちになったのでしょう。

誰もいないキャッシングコーナーに入っていった留吉さんは、一度大きく深呼吸し、カバンの中から通帳を取り出し、財布の中からカードを取り出して機械に向かいました。画面に向かってここで再び深呼吸をし、「引き出し」の文字に指を置きます。カードを機械に入れる指がわずかに震えておりますなぁ。暗唱番号の文字を入力し、金額五〇万円の文字を入力した彼は、固唾《かたず》を呑んで画面を睨んでおります。やがて札を数える機械音がすると出し入れ口が開き、あっけなく札束が見えました。

「や、やった！」

留吉さんの喜びの声が、無人のキャッシングコーナーに響きました。彼は小刻みに震える手であわてて札束を取り出すとカードを取り、周囲の様子を窺《うかが》いながら通帳をカバンに入れ、カードと札束を財布に入れ、自動キャッシングコーナーをさっと出ました。きっと挙動不審の老人として記録に残るかもしれませんが、盗んだ金ではないので恐れる必要はないでしょう。

一日、五〇万円が引き出す上限であることを調べた彼は、次の日、今度は予備校の帰りに五〇万円を引き出し、次の日もほかのキャッシングコーナーで五〇万円をと、毎日違う場所で引き出し、ついには二千万円全部を引き出してしまいました。

その夜、机の上に二千万円の札束を並べて考えている留吉さんに、私は尋ねてみました。突然の私の出現に驚いていましたが、最近どこにでも彼の周りを浮遊する私の風体、つまり大きなフード付きのガウンを身に着け暗い表情の私を薄々死神だと気付いている様子ですが、別段恐れることも毛嫌いしている様子もないので、私は自信を持って接している次第でございます。もちろん、留吉さん以外の人は、私の風体は見えませんが……。

〈大金を前にして、どうしました？〉

〈この大金の使い道を考えています〉

〈好きなように使ったらどうです。失礼ですが、あなたの半生は金に縁がなかった。ずいぶん色々な

面で、我慢をしてきたのではありませんか〉

〈そのとおりです。やはり初めは本能の赴《おもむ》くままに、人間の欲を充《み》たすことにしましょうか〉

〈それがいいかもしれませんね。後に残す必要もないでしょう〉

〈はい、僕は妻も子供もいない、天涯孤独な男です〉

〈ならば何も迷うことはない。全部使って晩節を楽しみなさい〉

〈そうします。その後は、どうぞよろしくお願いいたします〉

留吉さんが素直に私に頭を下げました。これで私は留吉さんに対して責任を全うできそうな気がしました。留吉さんがタンスの引き出しに札束を入れ、床に就いたようです。明日からの彼の動きが楽しみです。


次の日の朝、時間は定刻どおりなのですが、留吉さんは服装がTシャツにジーパン、運動靴といった普段着で家を出るではありませんか。いつもの喫茶店に入り、いつもどおり朝食代りのモーニングサービスを注文し、携帯を取り出して電話を掛けています。どうやら予備校に病気を理由に欠席願いを出したようです。普段勤勉な留吉さんですが、無理に咳などをして、なかなか役者の面もあるのですねぇ。食事をした後、彼は喫茶店を出ていつもどおりの定位置に立ち電車に乗ります。おや、今日は珍しく電車を乗り継ぎ、地下鉄の日本橋駅で下車しましたよ。向かう先は開店すぐの老舗デパートです。エレベーターに乗ると、あれよあれよという間に四階紳士服フロアーで降りました。

「ちょっと、君」

スーツをしゃんと着こなした中年の店員に、留吉さんが声を掛けました。

「は、はい。ご用でしょうか」

無精髭《ぶしょうひげ》によれよれのTシャツ、ジーパン、運動靴姿の留吉さんに、店員は怪訝《けげん》な様子で寄って来ます。無理もありません。留吉さんの容姿は、とうてい一流デパートの高級紳士服フロアーにいるような客質とは遥かにかけ離れているからです。だが、さすがに一流デパートの店員は教育されています。そんな蔑視《べっし》などおくびにも出さず、笑みをたたえて対応しておりますよ。

「ここに二百万円あります。下着から上着まで一流の品を僕のために用意してください」

「はぁ？」

中年の店員は最初、留吉さんを狂人と思いましたが、汚い財布から実際に取り出した二百万円の札束を見て、目を見開いております。

「しょ、承知いたしました」

あわててその店員がほかの店員を呼び、留吉さんのサイズを測っております。

「すぐにお整えいたしますので、こちらでお待ちください」

中年の店員はイスを持って来て、留吉さんの好みの色や形、サイズなどを聞き、ほかのフロアーに急ぎ向かって行きました。

「お待たせいたしました」

しばらくすると、とろとろまどろんでいた留吉さんの目の前に数人の店員さんがカゴの中に商品を入れたり、手に持ったりして立っております。

「お客様、まず最初は下着からお願いいたします」

中年の店員がほかの店員を促し、試着室に留吉さんを案内して行きます。その後をぞろぞろと、その他の店員が商品を持って従っていきます。やがて下着・靴下・上着と次々と身に着けた留吉さんが、鏡の前の自分の姿を見てうっとりとしています。

「お客様、靴は上品なイタリア製にしておきました」

「ありがとう。そうだ、ベルトも変えたのですから、財布も腕時計も新しいのに変えます」

「どのような感じがよろしいですか」

「ああ、あなたにすべて任せます。予算の二百万円を超えたら言って下さい。追加しますから」

「いえいえ、その範囲で充分かと思います」

「そう、では用意してくれている間、僕は床屋に行きたいので、どこか近くで紹介して下さい」

「ははぁ」

その店員から事情を聞いた若い店員の案内で、デパート近くの洒落たバーバーショップにやって来ました。

「あなたにお任せいたしますから、似合いの髪形に頼みます」

床屋の店員にそれだけ言うと、留吉さんは目をつむりました。ちょっと鏡の中の留吉さんを見ていた店員は、やおら手慣れた手付きで髪を切り始めました。

「お待たせいたしました」

しばらく留吉さんがうとうとしていると、店員の声がしました。

〈おおっ、なかなかいいじゃないか〉

目を開けると、長髪だった白髪を短く切り、無精髭をきれいに整えて剃った鏡の中の留吉さんは、まるで役者並みの男振りです。

「失礼ながら見違えりましたね。格好いいですよ」

ついて来たデパートの若い店員が目をしばたたいています。

「ありがとう」

気を良くした留吉さんは、バーバーショップを出て再びデパートに向かいます。

「これはこれは」

最初にやって来たときの留吉さんの容姿とは、雲泥の差の彼の変身振りに中年の店員が目を丸め、息を詰めて見詰めています。

「用意しておいてくれましたか」

「は、はい。こちらに」

カウンターの下から箱に入った財布、腕時計を店員がショーウインドーケースのカウンターに並べました。

「結構です。それではお支払いを」

「ありがとうございます」

米搗《こめつ》きバッタのように店員は頭を下げげつつ、請求書を差し出しました。

「それでは、これで」

請求書をちらっと見た留吉さんは、無造作に汚い財布から札束を取り出し、店員に渡しました。

「それと私の着ていた古着や、これらの古い物を処分しておいて下さい」

釣銭をもらった留吉さんは、身に着けていた古い物すべてをその店員に押し付け、すたすたとその場を去っていきます。後には古着や古物を持った店員が、深々と頭を下げています。

〈さて、おいしいものでも食べていくか〉

上階の食堂にエスカレーターで向かった留吉さんは、以前から食べたかった鰻重《うなじゅう》を注文し、ほっとひと息ついています。

〈いったん自宅に戻り、もう一度出直そう〉

注文の品が来る間、彼は新品の腕時計をチラッと見て、次の行動の予定を立てています。人間の欲には主として食欲、性欲、物欲、そして権勢欲などがありますが、すでに留吉さんは細《ささ》やかながらいくつかの欲を満たしております。残るは権勢欲と性欲になりますが、前者は今さらと言いたいでしょうから、もしかすると性欲？　しかし、留吉さんは七十三歳という高齢者ですからねぇ……。

〈美保には悪いが、何十年振りかで行ってみるか〉

鰻を食べて元気づいたのか、亡き奥さんに心で詫びを入れ、勢いよく席を立ちました。その後、タクシーで自宅に舞い戻った留吉さんは、タンスの引き出しから二百万円を取り出すとすぐに自宅を出ました。向かう先は、彼がめったに足を運ばない駅裏の飲み屋街です。おやおや、派手なイルミネーションの看板がひときわ辺りを睥睨《へいげい》するキャバレー「バクテリア」に、肩を怒らせ留吉さんが入っていきますよ。大丈夫ですかねぇ。

「あーら、いらっしゃい」

タンクトップにミニスカート姿や、熱帯魚みたいな化粧のセーラー服姿の女が、留吉さんにどどっと寄って来ました。店内は薄暗く、ピンク色の照明が壁に反射しています。

「こちら、上品なおじ様」

「わたし、ロマンスグレー大好きよ」

女たちに両腕を押さえられ、ボックス席に導かれました。

「おじ様、何をお飲みになります？」

「ブランデーがいいかな。ボトルで頼むよ」

「あらら、こちらお金持ち。おつまみは？」

「ふたりの好きなものを、じゃんじゃん持っておいで」

「ワァーおじ様、素敵」

セーラー服姿の女が、駆け足でカウンターに向かっていく。

「ねえねえ、おじ様、わたしマユミ。よろしくね」

ミニスカートの女が留吉さんにしなだれかかり、スカートの下に留吉さんの手を導く。

〈ああ、これはいかん。美保、許しておくれ〉

留吉さんは心の中で亡き奥さんに詫びを入れているが、手は自然に女の恥部に寄っていく。なんとも留吉さんのだらしない顔。私はこれ以上留吉さんと付き合ってはおれませんので、いったんどこかで時間を潰すことにいたしましょう。それでは失礼いたします。

「どうも、いらっしゃいませ」

和服姿の中年の女性が、挨拶にやって来た。

「おじ様、こちらママよ」

セーラー服姿の女が、ブランデーのボトルとグラスを持って席に着いた。

「ママもよろしかったらお座り下さい」

セーラー服姿の女が、ドクドクとそれぞれのグラスにブランデーを注いでいる。

「お待たせしました」

盆にいっぱいの酒の肴をバーテンダーが持ってきて、テーブルに並べる。

「それじゃあ、おじ様、乾杯」

しなだれ掛かるマユミの音頭で全員がグラスを合わせる。たちまちボトルのブランデーが空になる。

「ママ、この店で一番高い酒を持って来て」

「はいはい、今すぐにお持ちいたします」

あわててママが立ち上がり、鼻息も荒くカウンターに走っていく。留吉さんが見回すと店内には客が一人もいなかった。向こうのカウンターの隅で、ふたりの女がこちらを寂しそうに見詰めている。

「あちらの女の子も、こっちに呼んで」

「わあ、おじ様、浮気者。ミエちゃん、マリちゃん、お客様がお呼びよ」

セーラー服姿の女がカウンターの向こうに声を掛けると、ふたりの女が喚声を上げて寄って来る。

「さあさあ皆、大いに飲んで陽気にやろう」

留吉さんの声に皆は勝手に注文し、飲んだり食べたり大騒ぎだ。

「おじ様、もう駄目。あらあら」

女のミニスカートの下で、留吉は酔いと騒ぎに乗じて手を動かし、恥部に触れている。

〈いかんいかん〉

ミニスカートの女の手が、今度は留吉の前チャックを開けようとする。

「マユミちゃん、一人だけでおじ様を独占、ずるい」

隣に座っていたセーラー服の女がマユミの手を払いのけ、強引に留吉さんの前チャックを開け、硬くなった留吉の男を握りしめた。

〈いやいやまいった。ウハハハハ〉

セーラー服の女の手の上下の動きに思わず留吉さんは興奮し、腰を浮かした瞬間、膝がテーブルに当たった。

「ガシャーン」

「ワァー」

テーブルが引っ繰り返り、女の子たちが悲鳴を上げて立ち上がり、飲み物や食べ物がフロアーに散乱した。

「あらあら」

血相を変えてママが素っ飛んできた。

「いやいやママ、失礼した。この分も含めて支払うよ」

「あら、お客様。いいんですよ。そうですか」

悪鬼の顔が途端に恵比須《えびす》顔になって、ママが愛想を言っている。

「ああおもしろかった。私はこれで帰るよ」

様子を見ていたバーテンがすぐさま持ってきた請求書をチラッと見た留吉さんは財布を出し、無造作に即金で支払った。まだ百万円近くの金が財布からのぞいている。最初心配していた女たちは、あまりの格好いい留吉さんの支払い振りに目を見張っている。

「楽しかった。ありがとう」

「また、来て下さいね」

去り際の垢抜けた留吉さんの態度に、女たちが思わず胸に手を当て感嘆の声を上げている。

「おじ様、待って」

留吉が店を出るとマユミが追いかけて来た。

「前チャックが開いているわよ」

「おお、ありがとう」

「おじ様、わたしお寿司が食べたいなぁ」

「おう、そうかい。それならこれから行こうか」

「ちょっと待ってね。着替えてくるから」

マユミが走って戻っていった。しばらくすると、まるでどこにでもいるような若い女の服装で、マユミが店から出て来た。すぐに留吉の腕に自分の腕をからめ、遠目で見るとまるで恋人同士だ。

「店の方は大丈夫なのかい」

「もう辞めようと思っていたから、いいの。それより一流の寿司屋のカウンターで食べたいなぁ」

「分かった。そうするか」

流しのタクシーを止めると「帝国ホテル」と運転手に告げた。

「わぁ、おじ様、すごい」

留吉は五十数年振りの若い女とのデートに酔っていたのだ。

〈さてさて、どうしよう。食事の後は当然……イヒヒ……〉

留吉の頭の中には、年甲斐もなく若い女の裸体が蠢《うごめ》いている。

「ああ、おいしかった。おじ様、私なんだか酔ったみたい。横になりたい」

寿司レストランから出たマユミはビールで酔ったらしく、留吉にしなだれ掛かっている。

〈どうしたものかなぁ………ここに泊まるか〉

「マユミちゃん、このホテルで横になるかい」

「本当？　一度こんな所に泊まりたかったの。おじ様、最高」

留吉の言葉にマユミは了解し、飛び上がらんばかりの喜びようだ。さっそく彼は部屋を取った。

「わぁ、素敵なお部屋、私ちょっと横になってるから、おじ様、先にシャワー浴びてきて」

「わ、私が先にシャワーかい。よしよし、それじゃあお先にな」

マユミが酔いで辛そうにベッドで横になっている。留吉は口笛を吹きながら、いつもより念入りに体を洗い終えるとシャワー室を出た。

〈ほほお、バスローブなど置いて、一応気を遣ってくれているんだ。優しいなぁ〉

見ると洗面台の上にバスタオルとバスローブが、きちんと畳まれて置かれていた。

「マユミちゃん、私は出たよー」

留吉の猫なで声が、バスルームに響く。

〈返事がないなぁ。寝たのかなぁ〉

留吉はバスルームを出て、部屋のドアを開けた。

〈おや、マユミちゃんは？〉

先程までベッドで横になっていたマユミの姿がない。その代わり留吉のスーツやズボンがベッドの上に散乱している。

〈もしかすると………〉

留吉はあわてて上着を取り上げ、内ポケットの財布を探した。

〈やはり〉

留吉はまんまとマユミに財布の金を盗まれ、途方に暮れている。

〈さて、ここの支払いをどうしよう〉

〈あっ、腕時計もやられた〉

留吉は歳だけはとったが、世間の裏側など皆目分からずに育った甘ちゃんである。すっかり若い女に弄《もてあそ》ばれ、このざまだ。まあ助平心が増長しての自業自得だとあきらめるしかない。

〈どうしました?〉

〈ああ、死神さん、面目ない〉

ベッドに座り元気のない彼のかたわらに戻って来ると、留吉さんが若い女に騙され、しょげ返っています。

〈まさか、戻る可能性のない被害届など出さないでしょうから、今夜は眠って、明日からまた立ち直ればいいですよ〉

〈いえ、ここの支払いが……〉

〈カードがあるでしょう。それにしなさい〉

留吉さんは私の言葉で納得したらしく、素直にベッドに横になり目をつむりました。よほど疲れていたのでしょう。すぐに高鼾《たかいびき》をかいて眠っています。しかし、亡き糟糠の妻を裏切ったのですから、これくらいで済んで良かったと思いますよ。

次の朝、早々に帝国ホテルを独り寂しく出た留吉さんは、物思いにふけりながら電車に乗っております。人にあまり裏切られた経験のない留吉さんは、相当なショックだったのでしょう。しかし、どうして若い女が無償で、愛情もなく老人と一夜を共にするでしょうか。留吉さんの自惚れにはあきれる次第です。まぁ、人間的に甘く、世間知らずの留吉さんには、いい勉強になったことでしょう。

「な、なんだ、何があった！」

自宅に戻りドアを開けると、まるで竜巻が通り過ぎたように家具が倒され、室内が荒らされ、衣服や書物が散乱し、足の踏み場もありません。

〈か、金は大丈夫か………〉

あわてて留吉さんは台所に向かい、冷蔵庫を開けました。

〈良かった、あった〉

野菜ケースの中にじゃがいもや人参に紛れ、ポリ袋に入った一千万円の札束が見えます。しかし、タンスに入っていた残りの数百万円はありませんでした。

〈この荒らしようは、普通の泥棒ではありませんなぁ〉

私は悄然《しょうぜん》と佇《たたず》む留吉さんに寄っていきました。

〈留吉さんが大金を持っていることを知っている連中ですよ〉

不可思議な表情をする彼に、私はずばりと言いました。

〈とすると、財部商事の関係ですか？〉

途端に留吉さんの表情に怖れの色が浮かびました。

〈このままでは、また来るでしょう。今度は留吉さんがいるときかもしれませんねぇ〉

〈この家を出た方が良さそうですね〉

〈ええ、捕まれば、何をされるか分かったものではありませんよ〉

〈それでは、昼間の内にこの家を出ます〉

留吉さんは顔を強張《こわば》らせ、しばらく家の中を片付け、ある程度きれいになると、冷蔵庫から一千万円の札束を取り出し、ポリ袋に入ったままカバンに入れました。やがてそれに下着や数点の衣服を入れ、玄関口に立ちました。

〈どこに行きます？〉

カバンを下げ、家を出ようとする留吉さんに尋ねました。

〈分かりません。外で見張っているかもしれませんから、とりあえず連中を撒《ま》きます〉

辺りを警戒しながら留吉さんは駅へ向かって行きます。電車に乗ってすぐに次の駅で降り、駅前で客待ちしていたタクシーに乗り、去っていきました。どうやら残りの一千万円を使い切るまで、しぶとく生き延びるつもりかもしれませんね。まだまだ私の出番ではないようですが、しばらく彼の行く末を見守ることにしましょう。

おやおや、留吉さんが転寝《うたたね》中ですね。また彼は思い切って行動しましたよ。ここは八丈島行きの機内でございます。家を出ると言ったものの、まさか東京から南へ約二九〇キロもある絶海の孤島に向かうとは、思ってもみませんでした。どうやら目を覚ましたようですから、話し掛けてみましょう。

〈遠い八丈島とは、ずいぶん思い切りましたね〉

〈ああ、死神さん、まだまだあなたのお世話にはならないですよ。なんだか急に海が見たくなりましてね。それと追手はここまで来ないでしょう。この歳ですから、不安な毎日を送りたくありませんのでね〉

留吉さんが屈託《くったく》のない晴れ晴れとした顔で私を見詰めました。

しばらくすると機内放送が着陸の態勢に入ったことを告げています。羽田空港を離陸したと思ったら、一時間ほどであっけなく着陸です、眼下に打ち寄せる波に洗われた「ひょっこりひょうたん島」のモデルになった緑の島が次第に見えてきました。徐々に高度を下げていった機体は、やがて八丈富士と三原山の間の八丈島空港に着陸いたしました。ほとんどの乗客が乗降扉に向かっていますが、なぜか留吉さんは窓の外を眺め、立ち上がろうとしません。

〈どうしました留吉さん、降りますよ〉

〈念には念を入れませんとな〉

彼は私の声で辺りをゆっくりと見回し、席から立ち上がりました。すでにフライト・アテンダントだけの機内に、辺りを警戒し独り乗降扉に向かっていく様は、追手から逃れる往年の名テレビドラマ『逃亡者』の主人公を気取っているのでしょうか。

観光客と送迎の島民とで賑わう飛行場ロビーを横切って外へ出ると、留吉さんはタクシー乗り場に急ぎます。

「海岸に一番近いホテルに行って下さい」

運転手は彼の服装から上客と思ったのでしょう、笑顔で返事をすると流れるように飛行場を後にします。留吉さんは背後を振り返り、追い掛けてくる車がないことに安心して、深くシートに座り直しました。

「観光ですか?」

「いや、仕事兼静養です」

運転手は留吉さんの口振りや容貌から作家かその類《たぐ》いの文化人と思い込んだのでしょう、物思いに沈む彼の様子に、それ以上話し掛けてきませんでした。車はしばらく緑鮮やかなヤシの木の並木道を海に向かって走っていきます。

「あそこは、この島の二つの港の内の一つ、底土《そこど》港です」

運転手の声で顔を上げた留吉さんは、彼の指さす方向に顔を向けます。運転手の話では、東京竹芝桟橋からは約十一時間の船旅だそうです。

「あそこがお客さんの宿泊されるホテルです」

見ると庭先が海の、白亜の瀟洒《しょうしゃ》なホテルです。どうやら留吉さんは気に入ったようですよ。車が玄関で止まるまで、食い入るように見詰めておりました。部屋に案内された留吉さんはさっそく窓辺に寄って、太平洋の打ち寄せる波をいつまでも見続けておりました。

その日から毎日、留吉さんは海岸に出ては浜辺を散策し、ときにはホテルから借用した釣り竿で防波堤に寄り、糸を垂らしておりました。その姿は、まるで浮き世の垢《あか》を洗い落としているみたいです。そう言えば、彼の最近の表情は清らかな赤児のそれに見えますねえ。

予定していたホテルでの一週間の滞在が、瞬く間に過ぎました。その間、外国人観光客が結構このホテルを訪れるので、たまたまホテルの宿泊名簿に予備校英語講師と記した留吉さんは、人手不足のときに通訳ガイドを頼まれたりして、ホテルから重宝《ちょうほう》がられていました。気さくに対応していた留吉さんは、この島を追々気に入った様子です。ホテルを離れる日、留吉さんがホテルのオーナーと話しておりました。何やら深刻そうな話の内容ですので、近寄ってみましょう。

「お探しの物件ですが、一つ手ごろなものがありました」

「ほほう、どの辺ですか?」

「底土キャンプ場の近くの、小さな神湊港をご存じですか？」

「はい、地元の方が利用している港ですね」

「はい、そこを過ぎてすぐの、神止山に向かう小道の途中にあります」

「ここから近いですか？」

「そうですねえ、お客さんの足でしたら二〇分ほどでしょう」

「飛行機までの時間が充分あるので、ひとつ下見して来ましょうかなぁ」

「それは結構なんですが、ただ一つ難点があります。それさえ納得していただければ、不動産屋は割引価格を用意しているそうです」

「難点ですか？」

「はい、そこの親父と私は親しかったのでお話しします。五年ほど前に奥さんが亡くなり、その後すぐに一人娘が突然、上京したまま音信不通となってしまいました。つまり蒸発してしまったのですな。それから彼は独りで頑張って生活していたのですが、去年の冬、持病の痛風《つうふう》が悪化し、先の生活の不安から可哀想にあの母屋で首を吊ってしまったのです」

「はあ、首を吊った。まだ若かったのですか？」

「いえ、古稀《こき》になったばかりの年ですよ。役場は娘さんを懸命に捜したのですが、容易に分からず、仕方なく娘さんが見つかるまで、家と土地は役場で預かっている次第です。誰も住まないと、家屋というのはすぐに朽ちてしまうものです。お客さんが利用してくれると、助かるのですがねぇ」

「そういう話ですか……。まあ、ちょっと見て来ます」

「もちろん、ごく一部の人間しかその事実を知っていませんが、役場ではそのままほったらかすことができず、内装工事をして夏場シーズンだけに限り、島内であぶれた客をそこの家で宿泊させております」

「分かりました、ともかく見て来ます」

「それでは、不動産屋に連絡しておきましょう」

オーナーの見送りを背に留吉さんは、その家に向かって行きました。


それから数時間後、東京羽田空港行きの機内に留吉さんの姿がありました。満足そうな寝顔で転寝《うたたね》をしております。先程、ホテルのオーナーから紹介された家を私も見に行きましたが、海岸から十分ほどの緩い斜面にあって、林に囲まれた裏庭は、太陽の燦々《さんさん》と当たる畑地で、落ち着いた造りの平屋の日本家屋でございました。見るまでは浮かない顔の留吉さんでしたが、室内に入って戸を開け、海が一望できる縁側に座ると、すっかりそこが気に入った様子でございます。

そこを仮契約した留吉さんは、いったんは東京の自宅に戻って自宅の土地と家屋を売却して、再び妻の位牌を持って八丈島に戻る決意を固めたみたいです。それはこれまでの縁戚、友人、仕事関係との一切を断ち切り、八丈島を終の棲家に決めた証でございましょう。さて、東京に戻ると、留吉さんの金を付け狙う見えない影が待っていません。しかし、怖れることはありません。八丈島の宿泊していたホテルの貴重品預かり所に一千万円を預けてきた留吉さんは、今は身軽なものです。

　自宅に戻ると早速、地元の不動産屋を呼び、土地と家屋の売却を頼み、その後はリサイクルショップに連絡して、家具から調度品、そして売れる物すべてをその日の内に売り切り、売れ残った廃品は、それぞれ大小のポリ袋に入れて区の廃品処理課に連絡しました。すべてを終えた彼は、妻の位牌をカバンに入れ、ガランとした空き家の自宅を後に都心のビジネスホテルに向かったのでございます。もちろん、彼の心の中には寂寞《せきばく》たる思いが残ります。無理もありません、七〇年以上住んだ自宅です。亡き両親のこと、亡き妻と今では他界した息子夫婦のこと。まさか住み慣れた自宅を離れ、独り八丈島に引越しするとは思いもよらなかったのでしょう。しかし、あえて留吉さんは棺桶《かんおけ》に片足を突っ込んだ身体でありながら、未知の生活に挑戦する気持ちになったのであります。

　私たち死神の世界では、この種の人間が一番苦手の部類に入ります。つまり、生きる目的が鮮明になった人間ほど、ちょっとやそっとでは冥土《めいど》に行く気持ちにならないのです。したがって、私とはますます縁遠くなる一方でございます。さてどうするか、ここが思案のしどころでございます。いったん目星を付けて天上より下り、その人間の担当になりますと、日時の長短はありますが、是非《ぜひ》でも天上に召される助けをするのが私ども死神の役目ですので、それができぬとなれば、今後の死神としての役目柄、私の大きな汚点になってしまうのでございます。だからといって、善人である留吉さんを私が強引に召すことは許されないのです。つまり召す召されるとは、人間と死神との阿吽《あうん》の呼吸が合うときに、その人間の死が成立するのでございます。だから善人の死に顔は納得していますので、穏やかでございましょう。その反対に、強引に召される悪人の死に顔を見て下さい。苦痛や未練、怨《うら》みに満ちた顔でございます。

おっと、だらだらといらぬことをお話しました。このようにお話している間にも、生真面目《きまじめ》な留吉さんは、区役所に転出届を出したり、光熱費やその他の経費の支払いをしたりと、「立つ鳥、跡《あと》を濁《にご》さず」で、着々と八丈島行きの準備をしております。なんだかこのまま留吉さんの担当を離れ天上に戻るのも心残りですので、もうしばらく八丈島での彼の晩節を見届けたいと思います。

早いもので八丈島での留吉さんの生活は、二週間が過ぎました。すっかりこの島の空気に馴染《なじ》んだ彼は、ホテルのオーナーの支援もあり、自宅で子供たちのための学習塾を始めました。少しずつではありましたが、島内での生活基盤の形成と島民との生活環境の関係強化を図ったのでございます。そして、留吉さんの島内での献身的な努力もあって、一ヶ月、半年、一年と年月が経つうち、すでに留吉さんの存在は揺るぎないものになっていきました。高齢者の中で唯一、大学出の彼は教養人、文化人として島内で重宝がられ、いくつかの公共機関の顧問になるほど、島民に信頼されるようになったのでございます。だが、物事が順調に運ぶかに見えた彼の八丈島の生活でしたが、ある夜、思いもよらぬ人が訪ねてまいりました。


その夜、南国情緒あふれる常春の楽園、八丈島では珍しく、粉雪舞い散る寒い夜のことでした。

「すみません」

留吉さんが書き物をしていると、突然、外から若い女の声が聞こえました。

〈おや、誰だろう、こんな時間に〉

彼は壁時計を見上げ、ぽつりと心の中で呟きました。すでに八時を過ぎ、冬のこの島では深夜に近い時間です。怪訝な表情で留吉さんは玄関に向かいました。

「どちら様でしょうか？」

ガラス戸を通して華やかな色彩の服が見えます。

「あのう……こちらは坂口さんのお宅ですよね」

「いえ、暗井ですが」

坂口とは以前の住人の姓であります。どうやら一人らしい若い女の声に、留吉さんは安心してガラス戸を開けました。

「あっ！」

開けてびっくり、留吉さんはその若い女に見覚えがあります。若い女の方も留吉さんを見て目を見張り、身構えました。その女は忘れもしない、帝国ホテルに一緒に入り、現金と時計を盗んでいったマユミでした。

「お、おじ様」

「おじ様じゃない。よくもあのとき……」

留吉さんは怒りをあらわに、その女に詰め寄りました。

「おいおい、親子対面のサル芝居はそこまでだ」

その時、突然マユミの背後から、いかにも悪人面《づら》の暴力団風のふたりの男が現れました。

「な、なんだ、おまえたちは」

「マユミの情夫《いろ》と友達《だち》よ」

ふたりのうちの中年の男がせせら笑いながら、ずいと前に出てきて肩を怒《いか》らせています。マユミは青白い顔をして激しく顔を左右に振って、彼らの言葉を否定しています。

「そ、それでなんの用だ」

「この女の借金を取り立てに来たんだよ」

「知らん。そんなことは、私とは関係ないことだ」

「おめえ、この女の親父だろう。マユミの話じゃ、おめえが肩代わりするそうじゃねえか。えっ、どうなんだ」

「そんなこと知らん。第一、この女はわたしの娘ではない」

「おいおい、そんな田舎芝居は、俺たちには通用しないんだ。健、こいつをちょっと痛めつけな」

中年男の声に、脇にいた若い男がやにわにマユミの髪を摑《つか》んで引き倒し、蹴り始めました。

「や、やめて」

マユミが頭を抱え、悲鳴を上げています。

「わ、分かった。止めろ」

留吉さんの叫び声で乱暴している若い男の動きが止まりました。

「じじい、分かればいいんだ。へへへへ」

中年の男が凄《すご》みをきかして留吉さんに詰め寄って来ます。

「で、いくら借金があるんだ」

「五百万だよ」

「う、嘘です。この人、嘘を言ってます」

髪が乱れ、腹を押さえながら苦しそうにマユミが立ち上がりました。

「うるせえ、黙っていろ」

「キャーッ」

突然、中年男が叫びながらマユミに殴り掛かり、彼女が悲鳴を上げて倒れました。若い男もマユミを蹴っています。

「わ、分かった。払う。だから乱暴はやめろ」

留吉さんの声にふたりの男が振り返りました。

「分かりゃいいんだ。早いとこ出せよ」

「今、ここにはない。明日、銀行から下ろして渡す」

「きっと明日だな。で、何時だ」

「昼過ぎまでには用意しておく」

「よし、分かった。また来るぞ。じじい逃げるなよ。もっとも島だから逃げられねぇよな、ハハハハハ」

男ふたりが悪態をついて帰って行きます。

「大丈夫か。ともかく上がりなさい」

ぼろ雑巾のように地べたに横たわるマユミを留吉さんが抱き上げ、家に上げました。

「す、すみません」

顔を腫《は》らし、涙を拭いながらマユミが盛んに詫びております。

「早く洗面所に行き、冷たいタオルで顔を冷やしなさい。その後、話があるから茶の間で待っている」

髪の乱れと服装の汚れを気にしながら、マユミが俯《うつむ》きながら洗面所に急ぎます。その間、留吉さんはワープロに向かって、なにやら書類の作成に集中しております。

「あの……」

しばらくして伏し目がちでマユミが居間に入ってきます。

「あっ、そこに座りなさい。まず私の方からあなたのお父さんのことで話があります」

「父のことですか？」

伏し目がちのマユミが顔を上げました。

「亡くなったことは知っていますよね」

「えっ、亡くなった……。い、いつですか？」

マユミが突然顔を歪めると、手で顔を覆い大粒の涙を指間からこぼしながら、思わず身を乗り出してきました。

「一昨年の冬だ。役場ではお父さんの死を伝えようと、ずいぶんあなたを捜したみたいだよ」

「ご、ごめんなさい、お父さん。ワアアアー」

マユミがテーブルの上に顔をうつぶせ、号泣《ごうきゅう》し始めました。留吉さんは彼女のなすがままに温かい眼差しで見守っております。

「島に戻ったのは、お金のことだけではないのだろう？」

留吉さんは泣き止んだ彼女に優しく尋ねました。

「はい。島でもう一度やり直すつもりで帰りました」

マユミが口を真一文字に結んで泣き顔を上げました。

「そうか。あの連中とは完全に切れたんだね。それを聞いて私も安心した。それならお父さんの代わりに出すお金が、生きることになる」

「本当にすみません」

マユミが再び肩を震わせて嘘《しゃく》り上げました。

「よしよし、もう泣かないで。気持ちは充分に分かった。それでは明日の準備にかかろう。悪い連中からは法律で守ってもらうしかないからね」

留吉さんは先程作成した書類を、泣きじゃくるマユミに示しました。

「いいか、これは書式どおりに作成した、立会人にも署名してもらう借用金返還証明書だ。ここに本名を書きなさい」

マユミは留吉さんの言葉に頷き、本名の欄に用意されたボールペンで書き終えました。

「おや、本名はマユミではなく、美代さんと言うのかい」

「はい、マユミは商売で使っておりました」

「そうか、よし。これで明日、立会人は役場の課長さんに頼んで書類は整う。後は銀行で金を用意すれば終了だ」

「本当にご迷惑お掛けします」

「いや、いいんだ。美代さんがこれで生まれ変われば安い金だよ」

留吉さんは深々と頭を下げる美代に手をひらひらと振って、全く気に掛けていない様子です。実は留吉さんの例の二千万円の悪銭は、色々なことで使いましたが、この一件で五百万円を引き出しますと、すべてを使い切ったことになります。最後になって、悪銭が人助けになったのですから、留吉さんも満足したのでしょう。

その夜、留吉さんと美代は、遅くまで時を忘れて話し合っておりました。ふたりの個人的なことなので、私は遠くにいて干渉しませんでしたが、どうやら役場から父母の位牌を引き取り、正式に美代がこの家と土地を相続するようでございます。留吉さんは新たに家を探すつもりだったのですが、美代のたっての願いで彼が折れ、居候《いそうろう》の待遇のまま学習塾を継続経営することになりました。美代も一日も早く島で就職し、この島の住民として早く溶け込みたいそうです。そして、その夜遅くふたりは枕を並べ床に就きました。話し疲れたのでしょう、しばらくすると留吉さんの高鼾《いびき》が聞こえてまいりました。そんな留吉さんに寄り添う、倖《しあわ》せそうな美代の寝顔がありました。

次の日の昼ごろ、暴力団風のふたりの男たちが肩を怒らせ、留吉さんたちの所にやって来ました。ところが、部屋から出て来た駐在所の警官も役場まで大型バンで同行することになり、ふたりはおどおどしながら役場について来ました。

役場の応接室で留吉さん、美代、そして立会人の役場の課長の面前で、正式な借金返済取り交わし書にふたりの男は署名、拇印《ぼいん》を押しました。彼らは現金を受け取ると、逃げるように役場を出て、タクシーで飛行場に急ぎました。彼らの怯《おび》えた後ろ姿は、まるで恐喝《きょうかつ》容疑がばれることを恐れるかのように、一刻も早く島から抜け出したい様子です。これで暴力団風の彼らと美代との関係は、完全に切れたわけでございます。


その日から本格的に美代との共同生活が始まりました。食事は美代が作ってくれて、今まで自炊だった留吉さんはおおいに助かり、彼女に感謝感激です。しかし、美代と生活する上で孫ほどの年齢の差ですから、留吉さんは美代を異性として見ていませんが、困ったことに美代は、留吉さんに父や祖父以上のある種の感情を持っている風で、ときどき留吉さんが戸惑い気味でございます。

朝から晩まで一日中、美代と顔を付き合わしていると、さすがに留吉さんも仕事があって気詰まりになります、しかし、倖いなことに以前、留吉さんが泊まったホテルのオーナーの世話でフロント係に就職した美代は、毎日、留吉さんに昼食弁当を作った後、張り切って通勤し、次第に島に馴染んでいきました。

そして月日が経ち、留吉さんが島で二回目の正月を迎えた元旦の朝、留吉さんにとって記念すべき日になりました。彼の妻が亡くなってからの十二年間、お屠蘇《とそ》はいつも独りでしていた留吉さんの面前に、今年は美代がいたのでございます。そこに至るまでのことを少し話しておきましょう。実は昨夜の大晦日《みそか》、近くに住む親しい漁師の車で、留吉さんと美代は氏神様を祀るこの島唯一の八幡神社にお参りに行きました。その神社で、留吉さんは亡き奥様の声を聞いたのであります。

〈病気がちであった私は、あなたには夫婦らしい満足な営みをしませんでした。私はそのことを天国に来ても悔やんでおります。あなたも七十五歳になりましたが、まだまだお若いです。近くにあなたを好いている若い女性がおられるのですから、おおいに老春を楽しみなさい。でも、私がいつまでもあなたの心の妻であることを忘れないで下さいね〉

拝殿前で手を合わせる留吉さんの耳底に、確かに十二年前の聞き覚えのある奥さんの声が聞こえました。半信半疑のまま、隣で祈っている美代を気にしつつ、留吉さんは思わず何度も奥さんの名を呼び、許しを請うたのであります。そして元旦の明け方、夢枕に笑顔の奥さんが立つにおよび、留吉さんは我を忘れ、感謝の思いで手を合わせたのでございます。

「留吉さん、新年明けましておめでとうございます」

「はいよ、おめでとう。本年もよろしくね」

屠蘇を酌み交わす笑顔の留吉さんと美代は、これまでのぎこちない生活からやっと溶け合ったようです。ときおり留吉さんの目は仏壇へ注がれますが、あの元旦の明け方、奥さんが夢枕に立った後は、奥さんの位牌を仏壇の奥へ納め、扉を閉じたのですから、いくらか心が安まったのかもしれません。

「私たちの初詣はいつにします？」

各地の初詣の中継をテレビで見ながら、浮き浮きした声の美代が、留吉さんを振り返りました。

「そうだね、昼過ぎにしようか」

久し振りの屠蘇で、ほんのり留吉さんの頬が紅色に染まり、炬燵の中で横になりました。

「なんだか私も酔ったみたいです。ちょっと横になりましょうか」

美代が布団を敷きに居間を出て、寝室に向かいます。彼女の形の良い臀部《でんぶ》を、留吉さんのまとわり付くような視線が追っています。困ったことに、酒の酔いで気が緩んだのでしょうか、むらむら男欲が涌いてきたようです。

〈あれあれ、妙な気分になってきたぞ〉

留吉さんの体全体がかっかと燃え始めました。なんと留吉さんの男が硬くなり始めたではありませんか。

「留吉さん、布団の用意が出来ましたよ。こちらで横になったらどうですか」

美代の弾んだ声が寝室から聞こえます。

〈ご、ごめんよ〉

仏壇をちらっと見た留吉さんは、ゆらゆらと立ち上がり寝室に入っていきます。

〈ややっ〉

一つの布団に美代が横になってこちらに笑顔を送っています。思わず留吉さんの鼻の下が長くなりました。

「布団の中が冷たかったので、私が留吉さんの体を温めます」

美代の目が異様に輝いています。

「あ、ありがとう」

留吉さんは素早く寝巻に着替え、布団の中に入り込みました。

〈オイオイ〉

驚いたことに美代は全裸です。二十代の若い女の体温を直に感じます。留吉さんは思わず身を硬くし、体を引きました。

「私の体が汚れているから、これまで私を抱いてくれなかったのですか」

突然、美代が留吉さんの胸に顔を当ててさめざめと泣き始めました。

「いやいや違うぞ、美代さん」

「それならすぐに私を抱いて、体を清めて下さい」

「わ、分かった」

留吉さんが寝巻を脱ぎ始めると、美代も手伝い、たちまち留吉さんは全裸になりました。

「留吉さん、私、私……」

美代が激しく留吉の体を抱き締めます。美代の乳房と恥部が留吉さんの生身の体に触れます。

「美代さん、アアア」

留吉さんが夢中になり、必死に若い美代を抱き締めます。彼の男がふっ切れ、鋼《はがね》のように硬くなりました。美代が留吉さんの男を握り、自分の濡れた秘所に導きます。

〈アアア、オイオイ〉

留吉さんの歓喜の声に私は思わず目を背《そむ》け、寝室を後にして外に出ました。二十代の若い女と七十代の老人との、五〇歳の年の差を感じさせない激しい愛撫と絡み合いに、さすがに私は見ていられるものではありません。

外に立つと春の陽光が燦々《さんさん》と真上にあります。海も穏やかに凪《な》ぎ、見上げると子供たちの上げる凧《たこ》が頼りなさそうに舞い上がっています。なんだかとても平和な島の正月風景です。私はそろそろ留吉さんの担当を外れようと思います。若い美代との生活は、留吉さんにとって思いもよらぬことだったでしょう。楽しく活気のある島の毎日の生活は、とても死神の出る幕などではないのです。

「アアア、イクイク、ワァーッ」

家の中からかすかに男女の愛し合う、倖せそうな叫び声が聞こえます。さて、そろそろ天上に戻るとしましょうか。私の目違いから留吉さんと接する日数を浪費してしまいましたが、たとえそのように思われ、私の経験の中で汚点となったとしても、変化の多い生様《いきざま》だった留吉さんと知り合えたことは、決して無駄にならないと思います。それでは私は天上に……。

「アアアー、留吉さん、どうしたの。大丈夫？　留吉さん！」

おや、美代の異様な金切り声が聞こえます。何事が起こったのでしょう。ちょっと様子を見て来ましょう。部屋に入ると布団が乱れ、全裸の美代の上に全裸の留吉さんが重なり合い、あれあれ、目のやり場がありませんなぁ。ふたりはまぐわったままでございますよ。

「しっかりして下さい、留吉さん」

ぴくりとも動かない留吉さんの身体を、美代が叫びながら下から激しく揺すっています。

〈面目《めんぼく》ありません〉

突然、背後で沈んだ声がしました。

〈おや、留吉さんじゃありませんか〉

振り返ると、俯いた留吉さんが天井付近で浮かんでいます。私が引導を渡す必要もなく、すでに留吉さんは霊界の人になっておりました。

〈ついつい男の本能とやらで、年甲斐もなく我を忘れてしまいました〉

〈それで血圧が急激に上がり……〉

〈誠にお恥ずかしい次第で〉

〈いやいや、ちょうど潮時だったかもしれませんよ〉

〈それにしても、美代さんが可哀想ですなぁ〉

自分の屍《しかばね》に取り付いて激しく泣きじゃくる美代を天井近くから見下ろし、留吉さんがぽつりと呟きました。

〈いや、留吉さんとの情交で、彼女は体が清められ生まれ変わった、蘇ったと思っていますよ。まだまだ彼女は若いのです。これからはこの島の水で育ち、きっと新しい生活を築いていくでしょう〉

〈それならいいのですが……〉

衣服を身に着けた美代が留吉さんの身繕《みづくろ》いをし、胸に手を合わせて静かに寝室を出て居間に向かいます。

〈これから美代さんは医者に連絡します。その後はあなたが知っているように、あなたの野辺《のべ》送りの準備に入るでしょう〉

居間で電話している美代を見詰めていた留吉さんが、やにわに近寄って行きますので、私はあわてて止めました。

〈おっと、それはいけません。あなたはもう彼岸《ひがん》の人です。美代さんはまだ此岸《しがん》の人ですから、残念ながら接することはできません〉

〈そうですか……〉

留吉さんが恨《うら》めしそうに見詰めております。しばらくすると役場の人やらホテルの人などが三々五々《さんさんごご》留吉さんの家にやって来ました。その後、寺の住職と島の長老がやって来て、役場の人たちも協力し留吉さんの野辺送りの準備をしています。その側に座る悲しみにくれる美代の姿が労《いたわ》しいです。

〈では、そろそろ天上にまいりましょうか。あなたには、奥様が一日千秋の思いで待っておられますよ〉

じっと美代を愛おしそうに見詰める留吉さんに、私は意を決して声を掛けました。

〈おう、そうだそうだ。美保、ごめんよ。苦労をかけた妻だ。今度こそ倖せにしないとな、さあ急ぎましょう。早く早く〉

〈アハハハハ、留吉さん。待って下さいよ〉

まったくあの人は単純なのか複雑なのか分からない人です。しかし、遅ればせながら留吉さんを天上に招くことができ、私は実はほっとひと安心したところでございます。あれあれ、見て下さい。留吉さんの野辺送りに付き添う美代の隣に、早速《さっそく》ホテルで働く同僚の独身男性が……。親しげに話し込むふたりの姿は、先を行く留吉さんには内緒にしておきましょう。

なぜなら留吉さんは最愛の奥様と天上で再会し、新生活を始めるのですから、余分な思いは向こうに押しやるのが当然のこと。しかし、暗井留吉さんの人生は、始めチョロチョロ、中パッパ、終わりに若い女の子とドーンと夜空に大輪の花を咲かすなんて、誠に粋な一生でございましたねぇ。

おや、また娑婆から自死を知らせる点滅信号が……。あらあら、あちらにもこちらにも。まったく困ったご時世になったものです。それでは、留吉さんを天上にお送りいたした後、私は急ぎ最初に目に留まった方の元にお伺いするつもりですので、ここで失礼いたします。

第3話　罪の意識

淡井望　六十六歳

県道の遥か向こうの闇を、一人の初老の男が見詰めています。その時、彼の肩がびくっとわずかに動きました。前方を見ると、細い二筋の光の帯が通りの深い闇を裂いて、次第に近付いてきます。彼は強張った表情を浮かべ、生唾を飲むと、大きく呼吸をして息を整えました。次第にエンジンの唸る音が、間近に聞こえてきます。やがて二筋の細い光の帯が今や太い大きな光の帯に変わった時、男は目を閉じ、息を詰めてその中に身を投げ出しました。

キキキキキーッ。

耳をつんざくブレーキ音が彼の間近でしました。焼け焦げたゴムの強い臭いが辺りに漂っています。

「馬鹿野郎！」

突然、激しくドアの開く音と罵声が、同時に聞こえました。放心した彼が恐る恐る目を開けると、眩しく照らす車のヘッドライトが目の前にありました。

「危ないじゃねぇか」

恐ろしい形相の若者が駆け寄り、彼の肩を小突きました。

「す、すみません」

「すみませんじゃねぇよ。危うく轢くところだったぞ」

彼は肩を落とし、無言でうなだれています。

「オイ、おっさん、何をしたか分かっているのか」

「は、はい」

胸倉をつかまれた男はわずかによろけると、弱々しげにうなだれました。

「こんな時間に車道を歩くなんて、おまえは馬鹿か」

彼の従順な態度に、次第に興奮がおさまったらしく、若者の睨《ね》めつけていた表情がいくらか和らぎ、胸から手を離しました。

「本当に申し訳ありませんでした」

「気を付けろよ」

神妙に頭を下げる男に向かい肩を怒らせた若者は、捨て台詞《ぜりふ》を残して車に戻っていきました。あわてて男は車の前から離れ、側道に立ちます。彼の脇をゆっくりと若者の車が走り去っていきました。小さくなっていく赤色のテールランプを見送り、男は大きな溜息を付き、歩き始めました。男の歩く前方を見ると、微かな照明の中に高速道路進入口を示す標識が見えます。


その男は東京の一大歓楽街、池袋で小さな印刷会社を経営しております淡井望《のぞみ》。六十六歳。彼は今夜、自らの命を絶とうとしております、私の依頼人でございます。望さんは大学卒業後、創業者が父である印刷会社に就職し、営業一筋に働いてまいりましたが、三年前、父の突然の死に遭遇し、一人息子として、また父の子飼い社員からの強い要請で会社の跡を継ぎました。

しかし、亡き父の交友関係が仕事のほとんどであった会社の業績は次第に先細りし、新規事業の開拓に積極的に取り込んでいきましたが、世間全体の不況ムードがそれを阻み、いつしか毎月の支払いが自転車操業に落ち込んでいったのでございます。この数ヶ月、銀行の融資やほかの金融機関との資金繰りに頭を悩まされ続け、極度の不眠に陥りました。そしてつい先月、とうとう不渡り手形を出してしまい、明日が二回目の期日になります。二回目の不渡り手形は、業界では「会社の死」を意味しているのでございます。

必死になって金策に走った望さんだったのですが、今夜、埼玉県寄居町に住む親戚に拒否され、ついに自死を覚悟したのでございます。しかし、皆様がお見掛けしたように事が成就せず、私に出番がありませんでした。ご覧のように望さんは、次の自死の機会を掴もうと高速道路に向かって行きます。私は急ぎ追い掛けねばなりませんので、ここで失礼いたします。

えっ、私ですか？　あっ、申し遅れました、私は自死、あるいは平たく言えば自殺専門の死神でございます。天上より娑婆を監視しておりましたら、望さんからの強い点滅シグナルが目に入り、深夜ではありましたが、急ぎ馳せ参じた訳であります。

ちょっと、誤解なさらないで下さいませよ。私は皆さまが忌み嫌う死神ではございますが、ほかの死神とは質が違います。それは、自死もしくは自殺を専門とする私たち死神は義、特に「仁義」を重んじていることでございます。

というのは、恵まれた一生を送る人々は私たちの対象外であります。しかし、懸命に努力しながらも不遇をかこっている人々、あるいは不条理に泣かされ、それに苦しみながら結果的に屈する人々、そして、生まれた時から苦界に身を置かざるを得ない人々など、多くの不幸を地でいっている人々が、唯一自らを開放するのが自死であり、自殺ではありませんか。その行為に私たちは寄り添い、ねぎらいの言葉を掛けて、無事、天上にお召しする助けをするのが私たちの使命なのでございます。

おっと、長々といらぬことをお話しいたしました。急ぎませんと、望さんの最期に立ち会うことができませんので、失礼いたします。

あれっ、先程の若者の車が、ハザードランプを点けて望さんの目と鼻の先で止まっております。おや、若者が車から降りて、こちらに向かって歩いて来ますよ。望さんが思わずこぶしを握り締め、身構えております。

「おじさん、死ぬ気だったのか？」

先程とは一変して、若者の表情が穏やかになっております。若者の唐突な言葉に、望さんは目をしばたたいています。

「身なりはまともだし、どうしたの？」

「放っておいて下さい」

「まさか、女とのもつれ話じゃないだろう」

若者が科《しな》をつくり、白い歯がわずかに夜目に見えます。

「あの、私事ですので、構わないで下さい」

いかにも遊び人風の若者の態度に望さんは煩わしさを感じたらしく、顔を横に向けました。

「まぁまぁ、ここじゃ寒いから、俺の車で話そう」

行きかける彼の腕を若者が掴みました。

「いえ、結構です」

若者の力は意外に強く、抗う望さんを引きずるようにして車まで連れてくると、助手席のドアを開けました。私は慌てて若者の車に乗り、後部シートに座りました。あっ、ご心配なく。私の姿は自死を希望する方のみが見え、普通の人たちには見えないのでございます。

「入んなよ」

暖房の効いた車内から、微かな甘い香りがします。望さんは仕方なく助手席に座ると、運転席に乗り込んで来た若者が、すぐに室内灯を点けました。車内を見回すと、私がこれまで乗った車の中で、最も豪華な内装をしております。恐らくかなりの高級車でしょう。

「おじさん、ざっくばらんに聞くけど、原因は金だろう」

垢抜けた服装の若者は薄笑いを浮かべ、顔を近付けて来ます。望さんは若者の声を無視して前方の闇を見詰めています。まるで彼の状況をもてあそぶかのような若者の態度に、望さんは怒りを感じているのでしょう。

「どうせ死ぬ気があるんなら、盗みに入ったら？」

「えっ」

ドアのノブに手を掛け、外に出ようとした望さんが振り返りました。

「一か八《ばち》か、やってみたら？」

不思議な笑みを浮かべて、若者が彼の顔を覗き込みました。

「そんなことは、私にはできません」

望さんが毅然《きぜん》とした態度で言い切りました。

「何を綺麗事を言ってるんだ。どうせ、おじさんは死ぬんだろう。金が必要と違うの？」

「し、しかし」

「しっかりしてくれよ。この世の中、自分の手を汚さず悪銭を身に付ける、泥棒のような奴がわんさといるんだよ。そんなこと、おじさんの歳で分からないのかい」

妙に説得力のある若者の言葉に望さんはわずかに心が動いた様子でしたが、やはり犯罪者にだけはなりたくないらしく、無言で俯きました。

「藁《わら》でも掴みたいんだろう、今の心境は」

望さんはわずかに頷きました。

「だったら、俺が手伝ってやるよ」

「えっ」

望さんが若者に顔を向けました。望さんの表情から察すると、心が激しく揺れ動いているようです。

「小金を貯め込んでいる家を知ってるんだ。俺が手引きするから、絶対うまくいくよ」

自信ありげな若者の顔付きに、望さんの心は益々激しく揺らいでいます。

「万一失敗したら、後は俺が引き受ける。おじさんはそのまま逃げて、車でも電車でも飛び込んだら」

なぜそれほどまでにして協力しようとするのか、若者の心根に望さんは次第に疑いを持ち始めた様子です。

「見も知らぬ私に、なぜそれほどまでに」

怪しむ望さんの視線を外して、若者が前を向きました。

「小金を貯めている奴に、恨みがあるんだよ」

吐き捨てるように言うと、再び望さんに顔を向けました。

「どうする、やるの、やらないの?」

若者の目の色が異様に輝き始めました。

「や、やってみます」

望さんはまるで物に取り憑かれたように短く叫びました。

「よし、そうと決まれば行くよ」

「待って下さい、私の車が……」

「あそこに駐車してあった車は、おじさんの車か」

「急がないと陽が昇る」

若者が車内取り付けの時計に目をやって呟きました。

「すぐに後を追い掛けます」

望さんは勢いよくドアを開けると外に飛び出し、小走りで車に駆け寄ると急ぎエンジンキーを回しました。私も望さんを追い掛けます。なんと目紛《めまぐる》しいのでしょう。

「やるだけやってみよう、それで駄目だったら……」

小さく呟くと望さんは頭を数回振り、急発進で車を出しました。やがて望さんの目の前を、阿修羅の目に似た若者の車のテールランプが先行していきます。

あれあれっ、思いも寄らぬ方向に事態が変転していきますねぇ。どうやら望さんの自死の思いは、すっかり消し飛んだようです。しかし、だからといって私はすごすごと天上に戻る気持ちにはなれません。これまでの私の多くの経験では、いったん自死の思いを持った人間は、いずれ先々で必ずその思いが再び募り、行動を起こすことはままあることなのでございます。

　また、このまま天上に戻りますと、私の望さんに対する自死の認識が甘いと上司から判断され、死神としての今後の活動が制約され、汚点として残されてしまいます。それは私としては受け入れ難《がた》いので、望さんはあらぬ方向に向かって行くようですが、このまま観察し続け、時折、彼に接触を試みることにいたしましょう。

　深夜の関越自動車道を東京に戻っていく望さんの心は、彼の表情から判断して複雑に揺れているようです。

〈苦しまれているようですねぇ〉

〈あっ〉

　望さんは私の声で顔を向け、一瞬、怯えた表情をつくりましたが、何故かほっとした表情に変わりました。この事態は幸先が良い兆候の表れでございます。なぜなら私の存在は死者か、自死希望者のみが認められるもので、まだまだ望さんには自死の思いが残っているわけでございます。

〈失礼ながら、先程からおふたりの動静を観察させていただきました〉

〈はい、薄々あなたの存在は意識しておりました。死神さんでしょう〉

〈はい、そのとおりです〉

〈でも、私は今迷っております〉

〈大体内容を掴んでおりますが……〉

〈私は犯罪者への道を歩もうとしております。だが、うまくいけば明日の手形の期日に間に合うかもしれません。しかし……〉

彼の脳裏では、手錠を掛けられ、周囲の蔑む冷たい視線を背に受けて、暗い拘置所に向かっていく自分の姿を想像しているのでしょう。

思わず身震いをしております。

〈しかし、二回目の不渡りを出すと、多くの社員とその家族を路頭に迷わせ、さらに妻と子供との平和な家庭生活は破壊されてしまいます〉

〈…………〉

〈どうしたらいいでしょう。あいつの言いなりでいいのでしょうか〉

躊躇《ちゅうちょ》しながらも、若者の車を見失わないように望さんの足は何度もアクセルを強く踏んでおりました。若者の車がやがて練馬で高速道路を降り、一般道路に出ました。望さんは誘導されるがままにハンドルを握っております。車は深夜の環状七号線をしばらく走ると川越街道と交差し、そこを左折しました。若者はまるで自宅に戻るかのように手慣れたハンドルさばきで最初の信号を右折し、脇道に入っていきます。やがて瀟洒《しょうしゃ》な建物が並ぶ並木道に入っていくと、夜目にもそれと分かる豪壮な建物の前で停車しました。

望さんのハンドルを握る手が小刻みに震えております。若者から少し離れた位置に停車すると、望さんは私に顔を向けました。

〈どうしましょう〉

〈ここまで来たのです。成り行きに任せましょう〉

目の前に目的とする家があります。もし失敗すれば若者が言ったように、やるべき入金手段のすべてを試みたのですから、悔いはないはずです。私は天上にお連れする務めを丁重に手助けする心積りですので、戸惑う望さんにはっきり申し上げました。

ここまで来たら、私は望さんと一蓮托生《いちれんたくしょう》です。成り行きに任せて行くところまで行きましょう。通りには全く人通りがなく、車に備え付けの時計を見ると午前四時を少し過ぎ、誰もが深い眠りに陥る暁《あかつき》の刻です。今日が二回目の不渡り期限の日です。

若者が車の外に出ました。望さんもそれしか方法がないと思い切り、静かに車の外へ出ました。遠くで犬の遠吠えが聞こえます。森閑とした住宅街に、寂し気な青白い街灯の明かりが一定の間隔で立っています。見ると望さんの足元が小刻みに震えております。

「おじさん、俺の後に付いて来な」

寄って来た若者が囁《ささや》きました。望さんは頷くと、足音を忍ばせて若者の後に付いていきます。街灯の明かりの下、不安そうに肩を落とした望さんの影法師が移動していきます。暗い路地を先に行く若者の背を見て何度も足が止まり、彼は引き返そうかと逡巡している様子です。その時、先を行った若者の姿が薄明りの中に見えました。なんと、若者はポケットからキーを取り出し、勝手口に寄って行くではありませんか。

〈もしかすると、自分の家かもしれない〉

望さんも私と同様に思ったのでしょう、確固たる自制心が崩れ、誘われるままに足音を忍ばせて若者に近付いて行きます。かすかに錠の開く音がし、若者が静かにドアを開けました。家人は寝ているらしく、全く物音がしません。

「靴を脱いで」

若者が彼の耳元で囁きました。望さんの震えは不思議に止まっております。暗がりの中、壁をたどっていた若者の手が止まると、明かりが点きました。望さんの目の前に大きなテーブルがあって、食べ残しの皿と空になったワインボトルの脇に、まだ半分ほど残っている二つのワイングラスが置いてあり、一つの飲み口に紅の跡が付いています。

「クソッ、あいつやっぱり泊まったんだな」

望さんの耳元で若者が吐き捨てるように呟きました。

「こっち」

若者がすばやく上がり込むと、慣れた動作で大きな食器棚に向かい、その前に座り込みました。望さんも靴を脱ぎ、言われるままに彼の脇に座り、若者の動作を窺っております。一番下の棚のドアを音もなく開けた若者は、大皿を数枚取り出して奥を探っています。

「ちきしょう、おかしいなぁ」

若者が呟きながらさらに大皿を数枚と大きな土鍋を中から取り出し、そっとカーペットの上に置いています。その時、土鍋と皿が触れ合う音がしました。思わず望さんは体を強張らせ、若者の動作を見守っております。恐らく何度も生唾を飲んでいるのでしょう。

「あった」

肩まで棚の中に入れて、しばらく奥を探っていた若者が小さく叫びました。

「誰だ、そこにいるのは！」

その時、突然背後で野太い声がしました。望さんは心臓が爆発したかのように身をのけぞらせ、怯えた眼差しで振り返りました。ナイトガウンを身に付け、白髪で鬼のような形相をした大柄の老人が戸口に立っています。

「おまえか、ここで何を、ウッ」

振り返った若者を見て、激しい勢いで駆け寄った老人が突然、胸を押さえて望さんの足元に音を立てて倒れました。肥満したその老人は苦しそうに胸をかきむしり、口から泡を吹いて喘いでいます。

「おじさん、これを持って早く行きな」

立ち上がった若者が不敵な笑みを浮かべ、手に持った二つの布袋の一つを望さんに手渡しました。

「は、はい」

望さんの足元が激しく震えています。

「先生、どうしたの？」

その時、若い女の声が奥から近付いて来ます。

「早く行けよ」

若者の鋭い声で、望さんははじかれたように若者から離れ、ドアを開け、靴を手に外へ飛び出しました。彼の背後で若い女の叫び声と、口汚く女に浴びせる若者の罵声が聞こえました。望さんは息も絶え絶えに、自分の車の方へ走ります。彼の片手には若者から手渡された布袋が、しっかりと握られています。車の中に入った彼はエンジンをかけ、急発進でその場を離れました。咄嗟《とっさ》にルームミラーを見ると、忍び込んだ家の明かりが一階から二階へ、次々と点灯していくのが映っておりました。


望さんは結局その夜は自宅に寄らず、直接会社に戻ってまいりました、すでに犯罪者となった望さんは、とても妻と子供に会う勇気がなかったのでしょう。窓から射し込む明け方の光を浴びて、彼は震える手で布袋の中身を取り出しました。一つのゴム輪で束ねられた金額は、百万円ありました。六つのそれぞれの束を机の上に並べた彼は、しばらくそれらを見詰めています。

「これで期日に間に合う」

誰に言うことなく、望さんが小さく呟きました。その悪魔の囁きに、思わず彼は強く頭を振りました。放心した状態で椅子から立ち上がり、応接用のソファーに崩れるように横になりました。苦痛が浮かぶ寝顔を見ると、きっと望さんの脳裏には次々と先程の出来事が走馬燈のように駆け巡っているのでしょう。もしあの老人が意識を取り戻し、大金がなくなったことを知れば、すぐに警察に連絡するでしょう。私の依頼者である望さんにあの時、私は反対せずに成り行きに任せると答えた以上、彼と私は一蓮托生の身の上になったわけです。私はいささか不安になってまいりました。その私の不安が望さんに以心伝心となって伝わったのでしょう、彼は不安そうな顔付きで起き上がると、窓辺に寄って行きました。ガラス越しに外を窺うと、まだライトを点けたままの車が時折通る以外、窓下の道路には人影がありません。

〈もう後戻りはできませんねぇ〉

私は窓下を窺う望さんに、そっと話し掛けました。

〈ええ、そのとおりです。一応、手形の問題が解決しましたら、潔《いさぎよ》く覚悟を決めます。その節はお世話になりますので、よろしくお願いいたします〉

盗んだお金で手形が無事に落ちたら、その罪の責任を負い自死するという望さんの覚悟を聞き、私の気持ちはいささか複雑でしたが、結果が私の意向に沿っているので、良しとしましょう。

私がかすかに笑みを浮かべて頷くと、望さんは少し安心したらしく、再び応接間のソファーに横になりました。さまざまな不安な思いを巡らしていた望さんは、疲れからか、たちまち鼾《いびき》をかいて深い眠りに落ちていきました。私もいささか疲れを覚え、ソファーの脇に座り目を閉じました。

机の上の電話のベルが突然、激しく鳴りました。望さんがあわてて飛び起き、私もそのベルの音で深い眠りから引き戻されました。急ぎ足で望さんが机に寄って行き、すばやく机の上の金を引き出しに入れ、受話器を取りました。壁時計を見ると九時少し前で、階下ではすでに従業員が来ている気配がします。

「あなた、あなたなのね。昨夜はどうしたの、何度も電話したのに。私、心配で……」

彼の奥さんの甲高い泣き声がこちらまで聞こえます。

「ああ、心配するな。色々仕事で忙しくて。ごめん」

望さんは何度も謝ると、一方的に電話を切りました。何も知らない奥さんとの会話に、きっとこれ以上耐えられなかったのでしょう。彼はすぐに部屋の隅に置いてあるテレビに走りました。スイッチを入れると、朝のニュースがちょうど始まるところです。画面は昨夜から降り続いていた日本海側の大雪被害の状況を次々と映しております。

「お早うございます」

その時、望さんの父の代からいる労務課長の林が、階段を上がって来ました。

「お早う」

望さんは、画面に釘付けになりながら答えました。

「社長、手形の件ですが」

彼の背後で林が遠慮がちに尋ねました。

「心配ない」

望さんは相変わらず画面を見続けています。

「そうですか。良かった」

林のほっとした声が望さんの背後で聞こえます。

「あっ」

望さんの短い叫び声がしました。突然、大雪のニュース画面が変わり、著名な作曲家の急死を報じております。その作曲家の顔が大写しになりました。

〈まさか〉

私も一瞬、目を疑いました。今朝、望さんの足元で胸をかきむしり、倒れていた老人ではありませんか。

「ヒットメーカーのあの人がねぇ」

望さんの脇に立ち、画面を見ていた林がぽつりと呟きました。アナウンサーが心臓発作で亡くなったその作曲家の業績を淡々と述べ、すぐに画面が変わりました。

〈これだけか……〉

望さんが放心したように私を振り返りました。

「どうしました、社長」

異様な望さんの態度に、林がさりげなく尋ねました。

「いや、なんでもない」

望さんはあわてて作り笑いを浮かべました。

「そうだ、これから銀行に行く」

「銀行なら私が行きますよ」

「いや、今日は私が行く」

望さんは心の動揺を気付かれないように、努めて穏やかな口調で言いました。きっと彼の背筋に冷や汗が流れていることでしょう。望さんが銀行に行くことは珍しいことなのです。

「そうですか、それではお手数ですがお願いいたします」

林が一瞬戸惑いの表情を見せましたが、背を丸めて階段を降りていきました。林の足音が次第に遠ざかります。望さんはその足音を確かめると急ぎ机に戻り、机の引き出しを開け、無造作に金を取り上げ次々といつもの革鞄に詰め込みました。彼の足元は小刻みに震えておりますが、それを打ち消すように深呼吸をすると、階段に向かいました。


銀行から戻った望さんは再び夕刊を取り上げ、もう一度活字を目で追いました。

〈おかしい、あれだけの大金なのに……〉

私も心配で、目を皿のようにして窃盗事件の記事を探しましたが、ありません。

「社長、お客様が」

突然、規則的な機械の音に混じって林の呼ぶ声が階下から聞こえました。

「誰？」

望さんの声が震えています。

〈警察かもしれない〉

〈ど、どうしよう〉

こんなことに経験のない私も、不甲斐なく動揺しております。ふたりは顔を見合わせると落ち着きなく立ち上がり、階段口に目をやりました。

「誰とはひどいなぁ、約束しておいて」

年配の男が苦笑いしながら戸口に現れました。今夕会うことになっていた不動産屋との約束を、望さんはすっかり忘れていたのです。

「あっ、すみません」

望さんの声が上擦っています。

「歌謡番組かい。お宅は余裕があっていいなぁ」

応接用のソファーに座った不動産屋の社長が、薄笑いを浮かべてテレビに目をやりました。

「いえ」

望さんはあわててテレビに走るとスイッチを切りました。気になっていた報道番組をずっと流していた彼は、切り忘れたのでございましょう。

「ところで、例の見積もりはできた？」

「は、はい」

彼は急ぎ机に戻ると、引き出しから見積書を取り出しました。その時、林がお茶を持って階段を上がって来ました。

「おっ、林さん。景気はどう？」

最初、望さんに目をやった林が、晴れやかな笑顔で応えました。父の代から取引している地元の大手不動産屋で、細かな仕事の注文が多いが、結構利益幅が大きいそうです。

「いつまで続くのかね、この不況は。俺の社では汲々《きゅうきゅう》としているよ」

「そんなことはないでしょう、社長のところは大手なんだから」

「いや、本当だよ。いっそのこと、銀行強盗をマジで考えたことがある」

「また、ご冗談を」

「ワッハハハハハ」

不動産屋と林の会話を望さんは何食わぬ顔で聞いていますが、きっと彼の心臓の鼓動は激しく波打っていることでしょうねえ。


毎日、望さんと私は夢中になって新聞記事から事件を探しましたが、もうあの作曲家に関する記事は載っていませんでした。もちろんテレビニュースも欠かさず見ておりましたが、作曲家の以前のスキャンダル（醜聞）がほかの番組に出る程度で、盛大な葬儀が青山で行われたニュースを最後に、あの作曲家の名前はマスメディアから消えました。

しかし、望さんはそのことで油断はしていませんでした。いつ来るかわからない警察のことを考えると、彼はいても立ってもいられなかったのでしょう。密かに妻や子供宛に遺言書を認《したた》め、自宅の書斎の机の中に入れてあります。一度、仕事帰りにあの作曲家の自宅へ様子を窺いに寄ったことがありましたが、それ以降、めったに外出することがなくなりました。私もこの一週間、緊張の連続で体調を崩し、天上で休養を取る旨を望さんに告げ、しばし望さんとの接触を断ち、娑婆を後にしました。

たとえ望さんが遺言書を認め覚悟を表しても、行動は未定のため、私の出処進退を一度上司にお伺いを立てないと、私の死神としての活動に支障を生じるような気がしたのでございます。

だが、残念なことに、上司は自死の数が異常に急増する日本より遥か西の、中東の地での緊急国際会議に出席するため、日本を留守にしておりました。仕方なく私はスピリチュアランドでしばらく疲れた精神を休ませ、再び娑婆に舞い戻りました。私との再会を望さんは、なぜかほっとした表情で迎えてくれました。


天上での数日が娑婆では数ヶ月とは、なんと月日の違いがあることでしょう。あの夜から数ヶ月経った望さんの会社は、徐々にではありますが業績が持ち直しておりました。そしてその夜、いつもの習慣で夕刊を目で追っていた望さんは、一人の男の顔写真に目が留まりました。

〈あいつですよ〉

沈んだ望さんの声で私が紙面を見ますと、記事には歳末恒例の歌謡祭の内容が記されていました。その年の有線放送新人賞に選ばれたふたりのうち、女の歌手の隣に、あの夜の若者の顔が載っていたのです。

〈歌手だったんですね〉

私の声に、望さんは無言でその若者の写真を見詰めております。しばらく経って、望さんが救いを求めるような眼差しで私に顔を向けました。

〈もう、生殺しの毎日が堪えられなくなりました〉

〈で、どうします〉

〈こいつに会って白黒を付けます〉

〈黒だったら？〉

〈覚悟はできています。その時はよろしくお願いいたします〉

望さんのすがるような目つきに、私は黙って頷きました。決して自分を犯罪者として受け入れたくない望さんは、なんとか打開策を考えているのでしょう。私は今の彼の苦しみを具体的に救うことはできませんが、究極的には天上に召す案内役としてお役に立てると思い、それまで黙って彼の行動を見守っていくことにいたします。

望さんは新聞から目を離し、電話機に手を伸ばしました。問い合わせの番号ボタンを何度か押しているうち、相手先の電話番号を知ったらしく、メモ用紙にその番号を書き留め、それをポケットに入れました。しばらく使用していなかった隣の部屋から、パソコンを打つ甲高い音が聞こえます。望さんは机の上のものを整理すると椅子から立ち上がり、階段を降りていきました。階下と地下からは激しく回転する印刷機の音が聞こえます。彼は従業員の間を縫って忙しく立ち働く林に声を掛けると、外に出ました。彼はいつものように近くのスーパーマーケットで従業員の夜食を買った後、建物脇の自動販売機の灯りの前で携帯電話を取り出し、ポケットから取り出した先程のメモ用紙を見ながらゆっくりと番号ボタンを押しました。

その日の夜、練馬公会堂は外まで観客があふれていました。入り口近くに貼ってあるポスターに、一流歌手と並んであの若者の笑顔がこちらを見ています。

ロビーのあちらこちらでたむろする若い熱狂的なファンの間を縫って、望さんは場内入り口に立ちました。開演にはまだ時間があり、空席が目立っています。彼は手に持つ切符のシート番号を確かめると、ゆっくりとそちらへ向かっていきました。あまり演歌に興味はありませんでしたが、あの若者が出演する今夜のショーの切符を、望さんはやっと手に入れたのです。

席は望さんの希望どおり、舞台正面の中ほどにありました。そこは歌手の顔が手に取るように見える位置でした。彼は席に着くと大きく深呼吸をし、目を瞑りました。この数ヶ月、彼は一日として心の休まる日がなかったのでしょう。今夜、望さんはあの若者に会って確かめたかったのです。実は昨夜、望さんはそのことを私に伏し目がちで告げました。

〈もし、あの若者が私を見て警察を呼ぶのならば、その時はそれでよし。私は潔く法の裁きを受け、その後、私はあなたのお世話になります〉

新聞であの若者の顔写真を見た時、罪の意識におののく自分自身に区切りをつけたかったのでしょう。若者と会うことが、不安定な毎日とおさらばする唯一の解決手段と望さんは考えたのでございます。

周囲のざわめきで望さんは目を開けました。腕時計を見ると、そろそろ開演時間が迫っております。彼は次第に心臓の高鳴りを覚えるらしく、落ち着きがなく左右の席に目をやっています。観客の多くは女性で、舞台の近くには通称「追っかけ」と呼ばれる派手な服装の女たちが、周囲をはばからず大声で談笑しております。


場内の照明が徐々に弱まり、その反対に舞台のそれが明るさを増してきました。望さんは大きく深呼吸をすると腕組みし、腰を深くシートに沈めました。

突然、賑やかな音楽が緞帳《どんちょう》の背後で聞こえると、静かに緞帳が上がっていきます。彼の息づかいが次第に激しくなってきました。左右の客に気取られないように、望さんは懸命に息づかいを押さえ、舞台に目を注いでいます。私までなんだか胸が痛みます。軽妙な司会者の紹介で、明るいスポットライトの中に次々と歌手が現れ、歌い終わると大きな拍手に送られて退場していきました。彼らは望さんの知らない歌手でした。

「来た！」

望さんが小さく叫びました。司会者の紹介に一段と大きな拍手が沸き、あの若者が登場しました。

舞台のそでから数人の若い女性の奇声が聞こえます。ダークな色調のスーツを着たその若者は、舞台中央にゆったりと歩いていきます。イントロが流れ、ブルース調の演奏に乗って彼が歌い始めました。場内は哀愁を帯びた彼の歌声に引き込まれ、静まり返っています。

〈こっちを見ろ〉

望さんはわざと身を乗り出し、わずかに手を振りました。左右に目を配り、切々と歌うその若者の目が一瞬、望さんの視線に重なりました。

〈気が付いたでしょうか？〉

〈うん……〉

間奏が流れています。拍手の中、若者が笑顔で会釈をし、顔を上げました。

「うまい！」

望さんは突然立ち上がり、大胆にも大きな声を張り上げました。若者の目が鋭く望さんを捉えました。一瞬、若者の表情が変わりましたが、すぐに元の笑顔に戻り再び歌い始めました。

〈望さんと気が付いたみたいですよ〉

周囲の客の冷ややかな視線に身をすぼめた望さんではありましたが、私の言葉に満足した様子です。

〈これでいい。後はあいつの出方次第です〉

曲が変わり、大きな拍手に送られて若者が退場していきます。再び大きな拍手が沸き、望さんの良く知る大物歌手が登場しました。彼女が歌い始めると、望さんは腕組みをし目を閉じました。驚きに似た若者の一瞬の表情を思い浮かべ、望さんは次に展開していくであろう事の成り行きを、息を潜めて待っているのでしょう。

嵐のような拍手に送られてその大物歌手が退場すると、静かに緞帳が下りてきました。場内の照明が再び明るくなり、周囲の観客が立ち始めました。休憩時間に場内から出ていく観客の流れを目で追いながら、望さんは若者からの反応をひたすら待っております。

「お客様」

突然、望さんの背後で女の声がします。彼の予測は的中しました。構えていたのですが、これほど早く反応が起きるとは思いもよらなかった彼は、驚いて振り返りました。ホールの制服を着た若い女性がにこやかな笑みを湛え、そこに立っています。

「村岡さんがお待ちです。私の後に付いてきていただけますか」

望さんは足元の震えを押し隠すようにわざと胸を張り、その女の後に付いていきました。ロビーを抜け、地下に通じる階段を小走りにその女は降りていきます。望さんの表情が緊張から次第に強張り、足元が覚束ないようです。

「こちらをお入りください」

関係者らしい人々が行き来するフロアーに来ると、女が一つのドアの前で立ち止まりました。そこのフロアーにはいくつかのドアがあり、歌手の控室になっているようです。望さんが見回すと、ドアの張り紙に彼の知る大物歌手の名前が目に入りました。女が一礼するとその場から離れていきます。

望さんは震える手で、「村岡新二」と名前が書かれた紙の貼ってあるドアをノックしました。

「どうぞ」

中から声がします。彼はゆっくりドアを開けました。まだ足元が小刻みに震えています。

「おじさん、久しぶりだね」

着替えたらしく派手な服装のあの若者が、無表情で立っていました。

「その節は、お世話になりました」

望さんは深々と頭を下げました。

「礼を言われるほどのことではないよ」

若者がぶっきらぼう棒に言いました。

「おじさん、痩せたなぁ」

「はい、今でも罪の意識を感じています」

「罪の意識？　なんだそれ。そんなこと忘れなよ」

「しかし……」

「そんなことより、俺の前に二度と顔を出さないでもらいたいんだ」

「もちろん、そのつもりです。しかし、私は大金を盗みました。その償いをしなくては」

「おいおい、おじさん。歳はいくつだ」

若者の頬がわずかに緩んだが、目は笑っていません。

「あいつの悪銭《あぶくぜに》を俺たちで山分けしたんだよ。俺の彼女まで、新曲を餌に弄《もてあそ》んだひでぇ奴だよ、あいつは」

若者の目が異様な光を帯びてきました。

「内弟子なんて体《てい》のいい言い方をされ、俺はあいつにさんざん利用されてきた。だからあいつが死んだ後、今度はあいつを利用する番だ」

その時、ドアをノックする音がしました。係員らしき中年の男が顔を出し、若者に開演の時間を告げ、急ぎドアを閉めました。

「おじさん、これで分かっただろう。あの金は税金逃れにあいつが隠していた金だよ。誰もその金については知らない。だから、もうそのことは忘れることだな」

望さんは無言で若者を見詰めています。

「もう時間だ。いいか、これだけは忘れないでくれ。俺はおじさんと会ったこともないし、知らない。だから、もう二度と俺の前に顔を出さないでもらいたいんだ」

鋭い目つきに変わった若者に、望さんは無言で頭を下げるとドアの外に出ました。派手な服装の歌手たちが、彼の目の前をあわただしく行き来します。鼻をつく濃い化粧の香りが漂うフロアーを、望さんは上の階に通じる階段口に向かって行きます。彼の足取りは軽いです。彼を覆っていた重い罪の意識が一歩歩くごとに霧散していくのですから。望さんの顔にはいつしか自然に笑みすら浮かんできました。

〈良かったですね、これで心配はなくなりました〉

〈はい、おかげさまで。あっ、死神さん、すみません。私が勝手にお呼びしましたのに、こんな結果になってしまい、誠に申し訳ありません〉

〈いやいや、苦しみから解放されて良かった〉

〈はい、家族のことを思いますと、これまで本当に苦しかったです〉

〈ともかく、今日からは憂いがなくなったのですから、お仕事頑張ってください〉

〈はい、本当にありがとうございました。失礼いたします〉

望さんが深々と頭を下げ、去っていきました。私は嬉々《きき》として去っていく望さんの後ろ姿に一抹の不安を感じました。大金の絡んだこの一件がこんな簡単に落着するとは、あまりにもうまくいき過ぎていて、私は少々納得できないのでございます。いずれにしても、望さんの自死に対する私の認識の甘さが天上では問題にされると思いますが、上司が中東での会議から戻るまでの若干の時間、誠実で真面目な望さんがなんとなく気になりますので、もうしばらく彼の観察を続けたいと思います。いつの間にか、死神としての鉄則である「依頼者に対する感情移入は御法度」も私は犯してしまい、もう勝手にしやがれ、矢でも鉄砲でも持ってきやがれの心境でございます。

それでは望さんの今後に目鼻がつくまで、周囲で見守ることにいたしましょう。ただし、直接介入はせずに部外者の立場、つまり突き放して観察することにいたします。それは依頼者から外れた通常の死神のスタンスでございます。


階下から物音一つ聞こえなかった。どうやら林や従業員全員が帰ったらしい。年内の仕事を無事に終えた彼らは、打ち上げの酒に顔を赤らめていた。淡井望が机の上の飲みかけのビールを手に飲もうとしたとき、突然、電話が鳴った。隅のテレビ画面からは紅白歌合戦の模様が流れている。

「はい」

淡井は妻からの電話と思い、打ち解けたスタイルで受話器を取った。

「社長さんですね」

相手は若い女の声だった。彼は思わず姿勢を正すと、受話器を握り直した。

「どなたさんでしょう?」

「社長さんを良く知る者です」

不安げな彼の声をからかうかのような、少し鼻にかかった甘えた声だった。

「忙しいので失礼いたします」

記憶にはなかったが、恐らく飲み屋の女だろうと思い、淡井は切ろうとした。

「待って、私はおじさんの目撃者よ」

「えっ！」

「私は知っているわ」

「なんのことでしょう」

「とぼけないで、先生のお金を盗んだでしょう」

若い女の声が、先程と打って変わって硬い声音《こわね》に変わった。

「言っている内容が分かりません。人違いではないでしょうか」

淡井の受話器を持つ手がわずかに震え、声が上擦《うわず》っている。

「ふざけないでよ、おじさんは私のことを覚えているはずよ。あの夜、新一さんと先生の家に押し入ったわね」

淡井のわずかな記憶の中に、あの夜のガウン姿の若い女が、鮮明に蘇ってきた。

「やっと思い出したみたいね」

無言の彼に、その女は冷たい口調で言った。

向こうのテレビ画面が彼の目の端にちらちら映っている。華やかな衣装を身にまとった村岡新一が、ちょうど舞台に登場するところだった。

「あんな騒ぎの数日後、たまたま私が身の周りの品を取りに先生の家に行った時、偶然、車を運転していたおじさんに会ったの。よく犯罪者は現場に戻るっていうけど、本当なのね。小心者のおじさんは、社名の入った車できょろきょろ先生宅を窺い、私の前を通り過ぎていったわ」

若い女の声が、からかい口調に変わってきた。

「私に電話したのは、村岡さんの指示ですか」

淡井は打ちひしがれたように声を弱めて聞いた。

村岡の歌が遠くで聞こえる。

「ふん、あんな人なんて。先生の残した新曲を、先生の遺族にうまいこと言って独り占めするなんて、最低よ」

「しかし、私は村岡さんと話しまして」

身を守るため、淡井は懸命に言い訳を考えている。

「おじさん、芸能界はガードが堅いのよ。こんな話はどこにでも転がっているわ」

「私もこの話は済んだことだと思っています」

淡井は虚勢を張って、強い口調で言った。

「いいわよ、それでも。でも車に書かれていた会社を調べ、従業員におじさんの特徴を聞いたりで結構苦労しちゃった。新一さんから手切れのつもりでもらった先生の新曲もぱっとせず、私、今生活が苦しいのよ。当面の生活費に、五十万円ほど送金してくれるかしら。おじさんの会社に変な噂が立たないためにも、おじさん、分かってるでしょう?」

淡井の顔が一瞬ゆがみ、足元が小刻みに震え始めた。村岡の歌が終わったらしく、万雷の拍手が彼の耳元に届いた。淡井は受話器を耳にあてがいながら、次第に奈落の底に落ちていく自分を想像し、必死に抗う策を考えていた。

〈この女は、一生自分につきまとうだろうなぁ。なんとかしないと〉

「それじゃ、近々おじさんの会社に私の口座番号を書いた手紙を送るわ。来年は私にとって良い年になりそうねぇ。待っているわよ」

無言の彼に、その女は一方的に電話を切った。

〈どうしたらいいんだ。いっそ……〉

追いつめられた淡井は、自分でも思いも寄らない悪魔の囁きに愕然とし、受話器を持ったまま立ち尽くした。

その夜、桜の花の散り際を早める滝のような激しい雨が、音を立てて車の天井を打ちつけていた。フロントガラスのワイパーがすでにその役目を放棄したかのように、むなしく左右に動いている。

「話って、何よ？」

前かがみで前方を見詰め、無言で運転している淡井の肩がわずかに動いた。

「私は忙しいの、どこへ行くつもり？　金なら早く出してよ」

淡井は女と金を渡す約束をして、今夜、銀座で待ち合わせをしたのだ。やって来た女に理由をつけ、彼は降りしきる雨の中を、晴海埠頭に向かって車を走らせていた。

「停めて！」

キキキーッ。

女は突然甲高い声を上げると、淡井の横顔を手で突き、自分の足でブレーキを踏んだ。そこは銀座の中心から離れ、すでに明かりの消えたビル街の一角だった。激しく降りしきる雨の中、点々と立っている街灯の灯りが寂しく煙っている。

「おじさん、もしかすると私を殺すつもり？」

荒々しい息をしながら、女が険しい目つきで淡井を睨んだ。無言の彼に、女は恐怖の眼差しに変わり、突然体を反転すると、ドアノブに手を掛けて外に出ようとした。

「ま、待って下さい」

淡井はうろたえて声を掛けた。女は彼の声に構わず傘を差し、降りしきる雨の中に立った。その時、クラクションを鳴らした大型トラックが、水しぶきを上げて彼の車の脇をフルスピードで通り過ぎていく。

「人殺し！」

目を大きく見開いた女は、悲鳴に近い声を淡井に浴びせ、突然走り出した。

「ま、待って、話を聞いてくれ」

淡井は叫ぶと、エンジンをかけたままの車をそのままに、女の後を追い掛けた。

「や、やめて、来ないで」

絶叫する女は傘を捨て、激しく水しぶきを上げて駆けていく。

「待ってくれ」

追いついた淡井は、抗う女の足元に崩れるように跪《ひざまず》いた。

「どうか聞いてくれ、頼む」

必死に叫ぶ淡井を見下ろした女は、激しく肩で息をしている。

「な、何よ？」

全身ずぶ濡れになった女の顔が、醜く歪む。

「私がどうなろうと構わない。しかし、私には家族と会社の従業員がいる。彼らのことを考えると、どうか今夜で最後にしてもらいたい」

「あんたがどれほど先生から盗んだかを、私は知っているよ。これまでの端金《はした》で私が満足すると思ったら、大間違いよ」

「あの時のあの金は、確かに私の会社の倒産を救った。悪いと思っているが、何年かかっても返すつもりだ。だが今、まとまった金がない。もうしばらく待ってくれ、頼む、お願いだ」

激しく降りしきる雨の中、淡井は土下座をし、何度もアスファルトに頭を打ち付け懇願している。額が割れたらしく、水溜まりに鮮血が広がっていく。

「なんとか頼む、そんなに長くは待たせない。だから、もうしばらく待ってくれ」

必死に家族と仕事を守ろうと哀願する血まみれ顔の淡井を、女はしばらく放心したように見詰めている。

「頼む、頼む、お願いだ」

「おじさん、分かった。もう立って」

やがて狂ったように頭を打ち付ける淡井の肩に、女が手をやった。雨が以前より激しく降り始めた。その時、やって来るフォグランプを点けた車が女の目に入った。女は打ち拉《ひし》がれて虚脱状態の淡井をあわてて抱き上げると、歩道に寄っていった。


煙草と酒の香りが漂い、酔客のざわめきが淡井の周囲で聞こえる。テーブルの遥か向こうの小さな舞台に、数人の楽器を抱えた男たちが現れた。彼らに目を留める酔客は、淡井以外誰もいなかった。

あちらこちらのテーブルを制服を着たボーイが機敏に動き回り、華やいだ衣装の女が、まるで熱帯魚のようにゆらゆらと漂っている。淡井はグラスを口に持っていくと、ショーの準備をする舞台の男たちの姿を見詰めながら、先日受け取ったあの女からの手紙を思い出していた。

「おじさん、ご無沙汰しています。私は今、福島県の平駅前にあるクラブで歌っています。東京を離れ、早いものですでに三ヶ月が経ちました。各地のクラブを転々とする生活ですが、最近少しずつですが認められ始め、大きなクラブから誘いの声が掛かり、やっと自活できるようになりました。

人の弱みにつけ込み、まるで寄生虫のようなあの時の私は、どうかしていました。今考えてみれば、私はおじさんから殺されても仕方のない最低な女でした。あの夜、必死に家族と仕事を守ろうとするおじさんの姿に、私は一種の感動を覚えたのです。

私はあれから、おじさんのように、私にとって守るべきは何かを自身に問い詰めました。やはり私は歌が好きです。厳しい道程になるかもしれませんが、いつか大きな舞台で歌う本物の歌手になりたいのです。それしか私にはないような気がします。

もう二度とご連絡すること、そして、お会いすることもないかもしれませんが、もしおじさんにお時間がありましたら、いつか歌一筋に生きようと決めた、本当の私の姿を見ていただきたいと思います。

それではくれぐれもお身体ご自愛ください。そして、お仕事がうまくいきますように、心からお祈りいたします。

追伸、おじさんからいただいたお金、大事に使います。本当にありがとうございました。それと、おじさんが先生から借りたお金、貸した本人が天国にいるのですから、もうおじさんは返す必要はないと思います」


フロアーの照明が次第に暗くなってきた。相変わらず酔客のざわめきが淡井の周囲で聞こえる。突然、舞台に明るいスポットライトが点くと、滑らかな前奏が始まった。舞台の周囲からわずかな拍手が起こると、マイクを持ったあの女が、鮮血のような鮮やかな赤色のドレスを身にまとい、舞台の脇から現れた。淡井はグラスをゆっくりとテーブルの上に置き、身じろぎもせずに女を見詰めた。テナーサックスの魅惑的な音色にリードされた女は、囁くように歌い始めた。それまでざわめいていたフロアーが、次第にハスキーな女の声に魅了されて静まり、誰もが女の歌に聞き入っている。

女は身をよじり、切々と男の哀歌を歌い終えると頭を下げた。一瞬の沈黙の後、万雷の拍手が舞台を去る女を包んだ。瞬《まばた》きもせずに身を乗り出して見詰めていた淡井は、明るい前奏に迎えられた次の男の歌手が舞台に現れると、静かに席を立った。再びざわめき始めたテーブルを縫って、淡井はゆっくりと出口に向かっていった。

あれあれっ、あそこに夜の町を行く後ろ姿は、まさしく淡井望さんです。自死、自殺のシグナルが薄く消えつつあったので、なかなか見付けにくく困難したのですが、やっと出会うことができました。私はあれから天上の査問《さもん》委員会から呼び出しを受け、しばらく娑婆を留守にしておりましたが、季節はすっかり変わり、新緑が眩い初夏になってしまいました。

しかし、望さんの後ろ姿を見ていますと、あの自信に満ちた足取りは、以前の彼からは想像もできません。よほどの苦労を乗り越えた証かもしれませんね。

えっ、私ですか？　私といえば死神としての素養と資質を問われ、先輩、上司から激しく叱責《しっせき》され、一時はどうなるかと思いましたが、温かい査問委員会の方々の恩情もあって、私の死神としてのキャリアに汚点として残りますが、もう一度だけチャンスを与えられ、娑婆に舞い戻った次第でございます。

私はすぐに次なる依頼者に向けて、ここ福島県平市を離れ、東京は渋谷駅近くに向かわなければなりませんが、望さんのことが本当に気になり、立ち寄ってしまいました。しかし、彼はお見掛けどおり寿命を全うできる人間に変わったと思いますので一安心です。このように元依頼者に心配《こころくば》りすることは、死神としての業務禁止事項であり、あってはならないことと分かっているのですが、これも持って生まれた私の性《さが》ですので、ご容赦下さいませ。

さて、今度の依頼人は八十六歳、上司とも確認し、間違いなく私の名誉を挽回して下さる方と思いますので、頑張って行きます。それではまた、お会いできる日があるかと思いますが、しばしのお別れでございます。失礼いたしました。

第4話　身を捨ててこそ

志賀内定　八十六歳

一分が経ちました。また信号が青になって向こうの人の波がこちらに打ち寄せ、こちらの人の波があちらに押し寄せます。渋谷駅前のスクランブル交差点は、こうして毎日、まるで人の流れが海の波のように繰り返しては、果てしない年月が刻まれていくのです。

その人々の鬩《せめ》ぎ合う波間に、私の本日の依頼人、志賀内定《しがないさだめ》さんが看板を掲げて歩いております。天上から見下ろしておりますと、定さんの天上へ送るシグナルは、初め強烈に光を帯びて瞬《またた》いておりましたが、次第に光が細く小さくなり、断続的にはなりましたが決して消えることはありませんでした。

私は今回、いささか依頼人の意思に反して遅く娑婆《しゃば》に下りてまいりました。と申しますのは前回、私は見極めを誤り自殺未遂者と接触してしまい、私のこれまでの経歴に汚点を残す結果となった苦い思い出があるからでございます。今回はより慎重に時間をかけて依頼人を観察しておりましたもので、ついつい娑婆に下りてくるのに時間を費やしてしまった訳でございます。

おっと失礼、皆様には申し遅れましたが、私は自死、もしくは自殺者を種々の手続きに則《のっと》り、心安らかに天上にお連れする使命を持ちます死神でございます。

一般的に自死、あるいは自殺者に対して異論をお持ちの方が多いことは重々承知の上でございます。しかし、異論を唱える皆様に関して言えば、概して幸福な人生を営み、いわゆる人生の勝ち組に属する人々で、上からの目線で物を言う人々が多くございます。神より与えられた寿命を自ら縮めようとするなど、誰が望みましょう。これ以上生きる自信がない、これ以上生きる意義が見出せない、これ以上生き恥を晒《さら》したくないなど、真面目で几帳面、そして気が優しく小心な人々が、襲い掛かる諸問題に対して偽善者のようにするりと逃げることもなく立ち向かい、身も心も打ち砕かれた彼らの向かう先が自死であり、自殺なのであります。

つまり、善良で心優しく気立ての良い人々だけが持つ、究極の選択肢が自死であり自殺なのでございます。このことはゆめゆめお忘れなくお心にお止め下さいませ。そのような自死もしくは自殺という行動に走られたご不幸な皆様に対して、心より敬愛の思いを抱き、ねぎらいの言葉をお掛けし、御心をお慰めしつつ天上にお連れするのが、私ども死神の役どころでございます。

何やら長々とお話ししてしまいましたが、さっそく依頼人の志賀内定さんの下《もと》に向かいたいと思います。しかし、定さんはなんと奇妙な看板を掲げていることでしょう。近付いてみると、行き交う人々の奇異な目に晒されたその看板には、「命、売ります」と跳ねるような稚拙《ちせつ》な文字が躍っております。

今回の依頼人の資料を繙《ひもと》きますと、志賀内定、八十六歳、山梨県甲州市塩山に山子《やまっこ》（杣人）、つまり樵《きこり》を生業とする一家の長男として昭和五（一九三〇年）に生まれました。この年はロンドン軍縮条約に反対する軍部や右翼が不気味に動き出し、一方で不景気と失業に国民はあえぎ、都会ではエロ・グロ・ナンセンスが、そして、農村では娘の身売りが当たり前の世相でありました。

尋常小学校を卒業した定さんは、当然のごとく山子だった父の跡を継ぎ、山子加勢（助手）として林業に従事しておりました。しかし彼が十三歳の時、父親は徴兵の赤紙一枚で南西諸島に出征し、シンガポール陥落で国内が戦勝気分で沸いていたとき、皮肉にも一家は戦死の悲報を受け取ったのでございます。一家の大黒柱を失った志賀内家は、たちまち苦境に立たされました。これが定さんの凶の人生の始まりかもしれません。なんとか山子加勢としての職を堅持し、木落とし、木寄せ、土ゾリの道造りなど、少年の定さんは懸命に仕事に励み、一家を支えたのでございました。

当時は国民皆が平等の徴兵制度を謳《うた》っておりましたが、富裕層は例外として除外され、定さん一家のような貧困層や社会的に地位の低い人々の髪根を鷲掴みにして戦場に送るという、ひどい差別があったのでございます。もっとも、現在でも富裕層は優遇し、貧者は冷遇する社会体系は相変わらずでございますが……。

戦後になっても、定さんは「つき」に見放されておりました。戦争中は人手がなくせっかく山子候補になった定さんですが、復員してきた先輩山子に仕事を取られ、再び一介の山子加勢に逆戻りとなり、生活はますます苦しくなっていったのでございます。

しかし、幸運なことに日本の戦後の復興資材としての林業が脚光を浴び、再び山は活況を呈して、次第に志賀内家の家計も潤い始めました。定さんが二十一歳の時、晴れて山子に昇格し、収入の増えた次の年、定さんは幼馴染の娘と結婚してやっと志賀内家に春が訪れたのでございます。

ところが、いったん凶の人生を歩み出すと、そう簡単に抜け出せないものです。案の定、平和な生活は十年と続きませんでした。次第に安い価格の外材の輸入が表面化してきて、定さんたち山子の生活を脅かしていったのでございます。すでにふたりの子供がいた定さんは林業の将来に早々と見切りを付け、当時、オリンピックの準備のため建設ラッシュに沸く東京にやって来ました。つまり、建設工事に従事するために出稼ぎに来たのでございます。

定さんのこの決断は、見事に当たりました。東京に出てきて二年後、昭和三十九（一九六四年）に東京オリンピックが開催され、同じ年に外国木材の関税が撤廃され、安い外材の輸入が大々的に行われました。そのため経済的価値を失ってしまった国内の林業家は、次々に廃業か倒産に追い込まれていったのでございます。定さんの地元、山梨の林業関係者のほとんどが職を失い、日本全国へ出稼ぎに行かざるを得なくなったのです。出稼ぎでは先輩の定さんに、多くの林業仲間が伝《つて》を頼って上京して来たのがこのころで、定さんにとって、この時が人生最大の得意の絶頂だったのではないでしょうか。

生真面目な定さんはこれといった娯楽にはまることもなく、せっせと故郷の家族に仕送りした結果、当時としては村一番の資産家となり、彼のお陰で祖母と奥さん、子供の四人家族は裕福で平和な日々を送っておりました。さらに安定した生活を求めて定さんは地元に戻り、畑作に従事すべく土地を購入する準備をしておりました矢先、順風満帆と思われた定さんの人生に突然、次々と不幸が襲い掛かったのでございます。やはり持って生まれた凶の人生は、そうやすやすと変えることはできないのでしょうね。

地下鉄工事の夜間作業中、帰省間近の定さんは誤って足場から落ち、左足を複雑骨折してしまいました。さらに運の悪いことに、それ以上の悲劇が彼を襲いました。定さんを見舞うため、中央高速道路を使って東京に向かっていた彼の家族の乗った車が前を走っていた車に追突し、ほかの車も巻き込んで母親、妻、そして子供の家族全員と運転していた友人の計五人が亡くなったのでございます。その訃報を病院のベッドで聞いた定さんは、あまりのショックで一晩中号泣《ごうきゅう》していたそうです。無理もありません、一瞬にして全家族を失い、未来に向けての生き甲斐を失ったのですから。その数ヶ月後、痴呆のような状態で退院した彼を待っていたのは、冷たい世間でございました。片足が不自由になった彼は、それなりの労災補償金を会社から受け取ると、体よく追い出されてしまいました。不自由な身体は、仕事の足手まといというわけです。もちろん、居住していた会社契約のアパートを追い出され、荷物をまとめると尾羽打ち枯らして故郷に戻ったのでございます。

さらに悪いことは重なるものでございます。故郷でやり直そうと思った畑作地購入代金を、仲介した不動産屋が志賀内一家の不幸につけ込み無断で持ち出して、蒸発してしまったのです。長い間故郷を留守にしていた定さんには、信頼し頼るべき知人はおりませんでした。やむなく実家の土地家屋を処分して、家族の葬式で世話になった菩提寺にまとまった金を託し、永代供養を依頼して再び上京したのでございます。

しかし、一度人生の坂を転げ落ちると、なかなか浮かび上がれないものです。それが凶の人生を持った人間の定めでございましょう。就職先を求めて知人宅を訪ねても、不自由な足を理由に断られ、ハローワークや新聞などの求人広告を頼りに連絡しても、現住所を持たない定さんは、悲しいかなほとんどが門前払いでありました。それというのも、それまでの好景気が後退し、世に言うバブルが弾けた時代に突入したのでございます。巷《ちまた》には不況の嵐が吹きすさび、公園やガード下、河川敷には多くのホームレスが屯《たむろ》する姿が見かけられました。無職で住所不定の定さんはアパートを借りることができず、転々と安い旅館や簡易ホテルを泊まり歩き、定職にも就けず、次第に預貯金を切り崩す生活に陥ってしまいました。そして、ついには貯金が底をついた定さんは、高速道路下や隅田川の川べり、あるいは上野公園や代々木公園のブルーシートのテント村などを転々と移動する、ホームレスになってしまったのでございます。

その後の十数年、地べたに這いつくばって暮らす定さんの生活をお話するのは、あまりに悲惨で残酷なのでよしましょう。たとえ生まれついてから凶の人生を背負った定さんではありましたが、一生懸命努力精進し、平凡な生活を渇望していたにもかかわらず、突然の不幸、不運が重なった結果、つまり人生のちょっとしたボタンの掛け違いでホームレスに落ちてしまうという現実を、誰もが望んだわけではないのですが、普通の人の誰もがあり得るということを、私は定さんとその周辺の人々から知ったのでございます。

さて、長々と定さんの素性をお話してまいりましたが、それは異常な文面の看板を掲げて渋谷を歩く定さんが、決して狂人ではない証を皆様にご説明したかったからでございます。

私がしばらく頭上から志賀内さんを観察しておりますと、行き交う人々の彼を見詰める眼差しは、明らかに侮蔑し、狂人扱いさえしているように感じられます。

「あんな小汚いじじいを買って、なんの得がある」

「どうせどっかのテレビ局のヤラセだろう」

「やだね。恥ずかしくないのかねぇ、あの歳で」

「ただの変態か気狂いだろう」

様々な悪態をついて歩き去っていく人々もいれば、中には定さんの道を遮《さえぎ》り、唾を吐く派手な服装の若者さえおります。しかし、そんな罵詈雑言《ばりぞうごん》にも一向おかまいなく、定さんは相変わらず悠然と、あるいは堂々と胸を張って渋谷駅ガード下を通り抜け、宮益坂方向に向かって行きます。

〈あれ、あれれ、どうしたのでしょう〉

駅近くのガードを抜けた途端、突然、定さんは看板を小脇に抱えて、走り始めました。それも、息も絶え絶えに下腹部を押さえ駆け出していくではありませんか。慌てて追い掛けていくと、彼はお尻を押さえ、宮下公園手前の「のんべえ横町」の公衆トイレに駆け込みました。

〈おやおや〉

外まで聞こえる下痢ピーの激しい音が止むと、しばらくの静寂の後にゆっくりと扉が開き、先程の苦悶に満ちた顔から一変して爽快な顔をした定さんが出てきました。

〈今日は、お身体いかがですか〉

目の前に不自然なトンガリ帽の黒マント姿で私が佇んでいたので、定さんは一瞬ぎょっとして身構えました。しかし、すぐ青白い顔色と異様な風体から死神としての私の存在を理解したようでございます。

〈本の挿し絵どおりなんだねぇ〉

定さんは怖れることもなく、私の姿をまじまじと見詰めております。そうそう、まだ皆様にはお話しておりませんでしたが、普通一般の人々には私の姿は見えませんが、自死、もしくは自殺希望のシグナルを送った人には、私の存在が分かるのでございます。

〈だけんど、もうちょっとあの世に行くのを待ってくれんかねぇ〉

申し訳なさそうに頭をかきかき、定さんが私に告げました。私はあの看板の内容からなんらかの事情が生まれたことを理解していたので、四の五の言わずに快諾しました。前回、私の判断ミスがあって依頼人が自殺未遂で終わり、上司から死神としての資質に欠けると強く糾弾された手前、私は慎重に考えたつもりです。きっとあの看板の意味は、定さんの止むに止まれぬ心の叫びなのでしょう。

〈ところで、よくここのトイレが分かりましたねぇ〉

〈ああ、そのこと。実は昨日までついそこの掘っ立て小屋で生活していたからねぇ。よかったら、ちょっと寄ってみますかい〉

〈………〉

私の返事も待たずに、定さんがどんどん先に立って公園駐車場裏に向かって行きます。あれあれ、向こうの駐車場裏の空き地に、ベニヤとブルーシートで造られた簡易小屋が整然と並んでおりますよ。

おや、そのうちの一軒の戸口で定さんが立ち止まり、扉を叩いております。

〈ここは昨夜までおらが生活していた所だ。今は友達に譲ったがのぉ〉

私が定さんの脇に寄っていくと、定さんがにっこり振り返りました。

「誰でぇ?」

「俺だ、志賀内だ」

内部からくぐもった声が聞こえ、やがて軋《きし》んだ音を立ててベニヤの扉が開きました。

「おや、志賀内さん、どうした。まぁ、中へ入れや」

「ありがとうな。今朝から渋谷界隈を歩き回ったので疲れたよ、もう歳だで」

「そりゃお疲れさん。まだ買い手が現れんのかねぇ?」

「ああ、なかなかどうして」

うわぁ、これはひどい悪臭だ。私は定さんと一緒に小屋に入ったのですが、鼻がもげるような体臭というか汗や屎尿《しにょう》の臭いが内部に満ちております。しかし、不思議なことに一緒に息をしているうちに、次第にその匂いにも慣れてきました。

「で、当たりというか食い付きはあったのかい」

「ああ、今朝一番に、製薬会社の名刺を持ったのが現れた」

「ほほぉ」

「新薬開発のための動物実験用に、おらを買いたいとよ」

「そりゃあいい。世のため、人のためだなぁ」

「そりゃそうだが、しかしよう、二十日ネズミのように殺さずじっくり長い間、観察のために飼育されるっちゅうのは、かなわんよ」

「当たり前だで。薬の効力を知るために、じっくり観察されるわい」

「おいおい、おらは早くこの世におさらばしたいのに、何十年も生かされてはかなわんよ」

「ハハハハ、それで断ったか。それだけかえ？」

「いや、次に食い付いてきたのは、ヤクザだ」

「ヤクザ？」

「んだ、ヤクザ同士の抗争で鉄砲玉になってくれと。今のヤクザは度胸がなくて、堅気の力を借りて殴り込みを掛けるだと。まったく情けねぇ話よ」

「断ったのけぇ？」

「もちろんだとも。この歳でヤクザの抗争に巻き込まれて犬死したくないもんね。ああ、商売とは言いながら、久しぶりに見知らぬ他人との話で疲れたよ。悪いが少し横になるよ」

「なんのなんの。昨日までここは志賀内さんのねぐらじゃないの。俺こそ不自由をかけさせて申し訳ねぇだ。ゆっくりやってや」

「いやいや、明日こそは身売りを成功させて、落ち着きたいと思うとる」

定さんは心底疲れたらしく、一つおおきな欠伸《あくび》をすると横になりました。本当に疲れていたのでしょう、すぐに安らかな寝息が聞こえてきます。友人はそれを見ると安心したらしく、音を立てずに静かに外へ出ていきました。

どれほどしたでしょう。ドアの軋む音で私は目を覚ましました。うっかり私もうたた寝をしたようです。定さんも物音で目を覚ましたらしく、半身を起こして戸口を見やりました。外はいつの間にか薄闇です。

「志賀内さん、起きたかい。今夜の食事を用意したよ」

「これはこれは、すっかりおらは眠ったようだなぁ。おや、亮さん、何をしている」

煙とともに肉の香ばしい香りが漂ってきました。

「志賀内さんが残してくれた石油コンロで、熱いものを作っといただ」

亮さんが大皿に湯気の立つ大盛りの肉、野菜と味噌汁に御飯を乗せたお盆を持って小屋に入ってきました。

「こりゃ、豪勢だなぁ」

「例のイスラム教会の炊き出しに行ったとき、ロサムとかいう宣教師らしい若者から、預かり物と一緒に冷凍の羊肉をもらったのよ」

「そりゃ、ついてたね」

定さんは満面の笑みを浮かべ、胡坐《あぐら》をかきました。

「さて、一杯やるべぇ」

亮さんは奥から一升瓶を持ってきて、茶碗に酒を注ぎました。

「急に押しかけて、悪いねぇ」

「またそんなことを言って。渋谷に来たとき、行き倒れの俺に声を掛けてくれて、同郷のよしみとやらでねぐらまで譲ってくれて、本当に感謝してんのよ」

「それじゃ、甘えさせてもらおうかな」

定さんは遠慮がちに茶碗に手を出し、ひと息に飲み干しました。

「いや、うめぇなぁ」

「ほれほれ、もっとやってや」

亮さんは一升瓶を持ち上げ、再びなみなみと茶碗に酒を注ぎ、自分も茶碗酒を口に持っていきました。ふたりの老人が酒を酌み交わし、話に花を咲かせているうちに、いつしか室内が薄暗くなってきました。すっと亮さんが席を立ち、奥からロウソクを持って来て火を点けると、ぱっと明るい光の中に、肌をぎとぎとに照らつかせ、赤黒い笑顔の老人の顔が浮かんでおりました。定さんは上機嫌となり、小屋の隅でふたりを見守る私の存在など、すっかり忘れたようでございます。

「ところで志賀内さん、今朝は聞くのもはばかられたんでね。酒を飲んだ勢いで聞くのだが、なんで命を担保にお金が欲しいんだい？」

「あっ、それかい。おらの葬式代稼ぎよ。この歳になってこのまま野垂れ死には、みっともないもんね。それに、おらたち宿なしの逝く先は、無縁墓地行きだでなぁ。なんとも寂しいがね。やはり死んだら、家族の待っている故郷の墓に入りたいんだわ」

「それでけぇ」

「ああ、渋谷区役所の生活福祉課に行ってお金を供託し、なんとか頼むという訳だ」

「そりゃ良い考えだ。しかし、俺は無理だなぁ」

「なんでだぁ？」

「うん、俺は故郷にはもう五〇年も帰ってねぇ。家族は俺のことなど、とっくに忘れてるよ」

「そんな訳はないぞ、一度連絡してみろ」

「志賀内さん、それは俺にとっては酷というもんだ。いくら努力しても仕事が見付からねぇ今の俺の立場では、連絡できっこねぇべや」

「うーん、だが、子供がいるんだろう？」

「もうその話はいいだよ。それより飲めや。うめぇなぁ」

ふたりの老人の話は、時を忘れいつまでも続いておりました。時折酔顔の定さんが、部屋の隅にいる私の方に顔を向けております。やはり私の存在が気になるのでしょうね。


現在、全国に三万人ほどいるホームレスの中で、私がこのように面と向かって直接彼らと接しましたのは、今夜が初めてです。小さいながらもこのような快適な小屋に住み、結構自由を謳歌していることに驚きました、しかし、大多数のホームレスの人々は青かんといって、公園や路上にブルーシートの簡易テントを張って生活し、働きたくとも職がなし、アパートや貸間に住みたくとも保証人なしでは、不動産屋は相手にしてくれず、金がなければ食糧は飲食店から出た残飯を漁《あさ》るといった、悲惨な生活を余儀なくさせられています。一般社会という普通の人間が生活しているステージからいったん転落すると、再びそのステージに戻ろうと懸命に努力しても、高く険しい壁があるのでございましょう。さらに私どもの資料によりますと、全国で年間、四〇～五〇人ほどのホームレスの人々が寒い冬を越せずに死亡しているそうです。

「ところで志賀内さん、気になるんだが……」

「なんだい?」

おや、急にふたりの会話が低い声に変わりましたよ。見ていると亮さんが奥から箱を大事そうに持って来ました。定さんが受け取り、箱を開けて驚いています。私はひそひそ話のふたりの会話についつい聞き耳を立ててしまいました。

「おいおい、これは手榴弾だぞ。またどうして」

「昨夜の炊き出しの時に、いつものイスラム教徒と違って初めて会った宣教使らしい若者が、俺や留さんや田中さんに密かに配っていたんだ」

「なんと言って?」

「武装蜂起して、この国を一緒に立て直しましょうと、訳の分からないことを言っていたよ」

「そりゃ、恐ろしいことを」

「普段からホームレスに無策なこの国の政府に不満な留さんや田中さんは、その気になって仲間を募っている。何も失うものを持っていない彼らは、半分やけくそなんだねぇ」

「それで、武装蜂起の期日はいつなんだい」

「その宣教使らしい若者の話では、もっと仲間が入国するから追って連絡する、とよ。日本はほかの国と違って、テロリストたちへの警戒が手薄だから、近々だと言ってた」

「で、亮さんはその仲間に加わるのかい」

「先々のことを考えてもなんの希望もないしなぁ。何かの目的を持って死ねれば、犬死にと違うと思うとる。今、不平不満を抱えた全国のホームレスが武装蜂起したら、日本も変わると思うんだわ。どうせ俺たちは人間の屑で、虫けら同然と見られているんだ。死ぬときくらいはパッと花火のように華やかに散ってみたいねぇ。それとこの爆弾を持っていれば、いつでも死ねるしねぇ。体が微塵になれば人様に負担は掛けないし」

「そうか、そこまで考えているのなら、おらは何も言えんなぁ」

「なんだか、湿っぽくなったねぇ、志賀内さん。もっと飲んでよ」

　再び老人たちが酒を酌み交わしております。しかし、定さんは次第に寡黙《かもく》になっていき、いつしか酔いつぶれ、音を立てて横になりました。亮さんもふらふらと立ち上がり、隅に折り畳んであった毛布を取り上げ定さんの体に掛けると、自分も毛布をかぶり横になりました。ロウソクの火もか細く、消え入りそうです。やがて老人たちの鼾《いびき》が聞こえ、私も気の疲れでしょうか、外の街の喧騒も気にかけず、とろけるように眠りについていきました。


〈何か音がする〉

戸口で物音がするので、私は目を覚ましました。どうやら定さんの友人の亮さんが、外に出ていくようです。まだ外は暗く、肌寒いです。

〈自転車でアルミ缶を回収しに行ったんだよ〉

いつの間にか定さんが私の近くに寄ってきました。

〈おらは段ボール専門だったが、アルミの方が高く売れるからねぇ。大体キロ七十五円で、一日十四キロから十五キロが限度かなぁ。だから一一〇〇円ほどだなぁ〉

再び定さんは横になりました。

〈それだけが一日の稼ぎですか〉

〈いや、余力のある人は、その後は雑誌を収集するんだ〉

〈朝早くから、なかなか忙しいですね〉

〈皆より先に動かねば、生きていけない。早い者勝ちだからねぇ。本当は昨夜のうちに行動するんだが、おらがここに来たから、亮さんは遠慮して動けなかったんだわ、悪いことしたよ〉

〈しかし、ここの住まいは暖かく快適ですねぇ〉

〈うん、だがじきに儀式があるでなぁ〉

〈儀式ですか？〉

〈ああ、都の公園局と区の福祉事務所の職員たちが警官に伴われ、ここの住民たちの家屋の撤去を求

めて、一斉に取締りに回ってくるんだ〉

〈それは大変だ〉

〈いや、一時的に撤去に応じるが、すぐに戻るのよ。まぁ、猿芝居だわな〉

私の驚く様に、定さんは悪戯っぽい目をして説明し始めました。取締り日の何日か前に、立ち退きを求める告知のビラがそこかしこに貼り出され、その日の前日になると、ブルーシートにベニヤ家屋の住人たちは互いに協力して、それぞれの家屋の骨組みと中身をほかの場所にリヤカーに積んで移動するそうです。したがって、空き地になった元住居跡は何時間かの間だけ係員に明け渡します。一斉取締まりが終わり、職員が引き揚げるとすぐに、再び同じ場所にブルーシートにベニヤ家屋が復元されるという訳でございます。つまり、根本的なホームレス対策が整っていない苦肉の策だそうです。

志賀内さんはこの「儀式」を、愉快そうに説明してくれました。しかし定さんが数年前、上野公園での話を始めたときは、彼の眼《まなこ》に怒りの炎が浮かんだことに、私は少し驚きを感じました。

〈渋谷に来る数年前、おらは上野の森美術館近くの公園で仲間とテント村に住んでたんだ。毎年のことだが、皇族の誰かが美術館へ見学に来るたびに、おらたちは「儀式」に付き合わされ、その場を移動して寛永寺裏で待機する。しかしその年は、珍しく警備の若い警官が数人やって来て、おらたちを見下げ、侮蔑の眼差しでこう言ったよ。「お前らは汚く、ぐうたらでこすいから、皇族の方々の目に入ると国民として恥ずかしい。だからこの上野から永久に出て行けよ。まったく、この拳銃で虫けらの

ようなおまえら全員を撃ち殺したい気持ちだ」と憎々しげに言って引き揚げていったことを今でも忘れない〉

定さんは悔しそうに床を拳で叩きました。私はホームレスの人たちが、仕事をしたくとも高年齢や住所が不定のため職業に就くことができず、住所を得るためアパートを求めても保証人がいないため断られ、人並みの生活ができない事情を知っているので、やるせない気持ちでいっぱいです。つまりこの国は、汚いものには一時的に蓋《ふた》をしろという、まったくおそまつな政策がまかり通っているのでございます。

〈おや、お出掛けですか〉

しばらく何事か考えていた定さんが、やおら寝床から立ち上がりました。

〈これから看板を持って人様に会いに行くんで、身を清めてくるだよ〉

タオル一枚を持って戸口を出た定さんは、公園の中央近くにある噴水に向かって行きます。外は白々と明け、透明な大気が公園全体を覆い、暖かな日の光がわずかに色付いたポプラの葉、一枚一枚に優しく当たっています。

〈おやおや、定さんが裸になって、大丈夫でしょうか〉

高齢の定さんは、誰もいない公園とはいえ、初秋のこの季節に生まれたままの姿になって噴水の池に入り、体を水で洗っております。向こうの道を行く新聞配達のお兄ちゃんが定さんの方へ盛んに目をやり、去っていきました。しばらくすると唇を紫色に染めて定さんが戻ってきました。

〈お元気ですねぇ〉

〈ハハハハハ、人様に会うための礼儀だわ〉

まるで少年のような澄んだ目をして、私に微笑み掛けました。

〈さて、これ以上亮さんの世話になるのも心苦しいから、そろそろ出るとするかねぇ〉

定さんはごそごそと身なりを繕《つくろ》うと、看板を手に戸口を出ました。少しずつですが公園の向こうの歩道に、出勤するサラリーマンらしき人影が見られます。こんな早朝に出歩いても、定さんの看板に興味を覚える人が、果たしているのでしょうか。私の心配をよそに、定さんは公園を出ると看板を掲げ、透明な大気の中を朝日に包まれて飄々《ひょうひょう》と先に歩いていきます。宮益坂から渋谷駅の方へ行かず、真っ直ぐ青山通りに向かって行きます。案の定、数少ない行き交う人々は一様に怪訝な顔で見上げ、奇異な目をして通り過ぎていきます。

〈おや、向こうからやって来る若い女性……〉

心のシグナルが、か細いけれど点いたり消えたりしています。これだと私のような粗忽者《そこつもの》は見誤ってしまいますが、天上の同僚たちは大丈夫でしょうかねぇ。

〈あれれ、あそこに立ち止まり、定さんの近付いて来るのを待っているぞ〉

相変わらず定さんは背筋をぴんと伸ばし、ほかのものは我関せずといった面持ちで表参道方向に歩いています。

「あの……」

ちらちらと私を意識しながら、その若い女は定さんの元に寄っていきます。

「本当におじいさんの命を買えるのですか？」

「えっ！」

定さんがその言葉に驚いて目を白黒させました。朝日を背にしたその若い女の青白い顔に、苦労と疲労が滲《にじ》んでおります。

「も、もちろんだが、お嬢さんがおらを……」

若い女は真っ直ぐ定さんを見詰め、一歩歩み寄りました。

「うーん、だがなぁ……」

「その看板の文面は嘘ですか？」

「いや、本当だが……」

「では、おいくらですか？」

「ま、待ってくれ」

定さんが目を白黒させて困惑しております。まさか若い女の子が自分を買うなんて、思いも寄らなかったのでしょう。先程から彼女は、私の存在を気にしております。恐らくうっすらと私の影が見えるのでしょう。私たちの姿がはっきり見えますと、その人の自死、もしくは自殺の意思が強くなった証なのです。点いたり消えたりと、彼女が発するか細いシグナルから推察するに、この若い娘は恋愛の破綻から激情の赴くままに自死を選び、まだ決心が定まらないのかもしれませんなぁ。しかし、まだ若い身空で誠にもったいないことでございます。

おっと、私は死神でございました。自死、自殺の方々に対して心より敬愛の思いを持ち、これまでの苦しみや悲しみから解放するお助けをし、安寧を与えつつ天上へお召する私の任務を、つい忘れてしまいました。自死、自殺に反対するなんて滅相もございません。くわばらくわばら、私は襟を正し、ふたりを見守りました。

「私では無理ということですか？」

「いや、だがなぁ……」

「おいくらですか？　看板は嘘ですか？」

真っ直ぐ見詰める若い女の眼《まなこ》に、定さんがたじろいでおります。

「そ、それじゃ、百万。いや、いや五十万円でいい」

「おじいさんの命が五十万円でいいのですか？」

意外に安い金額に、若い女は驚いております。

「おじいさんの命、買います！」

間をおかず、目を輝かせて彼女が言いました。

〈そんなに安くて、本当にいいのですか？〉

〈おらの葬式代はそれ以下だと思うよ。この娘のためにおらの命が役立てば満足だ〉

私の問いに、定さんが真顔で答えました。

「今、現金を持っていませんので、よろしければ私のアパートに一緒に来て下さい」

若い女は、先程の打ち萎れた状態から一変して、何かを削《そ》ぎ落としたように生き生きとしてまいりました。

「おじいさん、私の後に付いて来て下さい」

彼女に促され、定さんはいささか怪訝な様子で付いて行きます。それもそのはず、彼女の買う目的・理由が分かっていないからでございましょう。

「あのぉ……おらの命を買う理由はなんだね？」

看板を脇に挟み、若い女の後に付いて渋谷駅に戻っていく途中、定さんは堪え切れずにその若い女に尋ねました。

「ええと、私のアパートでお話したいのですが、それでよろしいですか」

「も、もちろん。ここから遠いかねぇ」

「いえ、副都心線で二十分ほどです」

「ほほぉ、そりゃ近い。行きましょう」

やがてふたりは少しずつ通勤客の増えてきた渋谷駅の地下鉄階段口へ消えていきました。私はこのような雑踏は苦手ですが、急ぎ彼らの後を追い掛けました。定さんと彼女の乗る電車は空いておりましたが、反対側の都心に向かう車内は、通勤客で混雑しております。しばらく電車の揺れにまかせているると、渋谷駅から七つ目の駅で、彼女が立ちました。促されて定さんも電車を降り、まばらな乗降客にまぎれて改札口に向かって行きます。

階段を上がり地上に出ると、そこは閑静な住宅街です。しばらく歩くと、アパートやマンションが立ち並ぶ一画に出ました。そのうちの二階建て木造モルタルのアパートの前で、彼女が立ち止まりました。

「ちょっと待って下さい」

なぜか彼女は周囲を窺い、急ぎドアを開けて定さんを招き入れました。女の部屋に入ることにいったん戸口で躊躇した定さんでしたが、彼女に促されて中に入りました。入り口のカーテンを払うと、六畳一間の狭い部屋ですが若い女の子の部屋らしく整理、整頓され、とても清潔な感じです。壁にはユトリロの『コタン小路』と『ドヴィユの教会』、そして他方の壁にはゴッホの晩年の作、『オヴェールの教会』の複製画が掛かり、白いカーテンが掛かる窓下の机脇にイーゼルと数枚のキャンバスが立て掛けてあり、わずかに油絵の具の臭いがしました。ただの絵画趣味の素人画家ではなく、恐らく彼女は本格的に絵画を学ぶ美大生なのでしょう。それというのは、私が前回天上に召しました依頼人の奥さんが著名な画家でしたので、絵を勉強し、ユトリロの「白の時代」（一九〇八年～十二年）の作品や、ゴッホの最晩年の絵を壁に掛けるなんて、よほど美術を勉強している人物だと推測したわけでございます。

「お茶を淹《い》れておりますので、少々お待ちを」

彼女は奥から卓袱台《ちゃぶだい》を持ってくると中央に置き、再び奥の台所に向かいました。

「ああ、おらには構わんで下さい」

きょろきょろと落ち着かない眼差しで、定さんが室内を見回しております。きっと学生たち専門のアパートなのでしょう、上の階から外階段を降りてくる若い女の子たちの声が聞こえます。

「お待たせしました」

やがて彼女がお盆に急須と茶碗を載せて、定さんの前に座りました。

「あの…………」

「なんだね」

定さんが茶碗のお茶をひと口飲み終わると、彼女が思い詰めた表情で定さんを見詰めました。

「あの……、私、独りで死ぬつもりでした。でも、勇気がなくて……。本当に死ぬつもりで青山墓地、代々木公園と深夜、歩き回りました。でも……、そんなとき、おじいさんの看板を見て、一緒に死んでもらおうと思いました」

「もちろん、おいらは買われた命だよ。すでに覚悟はできているが、なぜ若いあなたが死ななくてはならないのかい」

その時、

「ダンダンダン」

突然、ドアが激しくノックされました。一瞬、彼女の顔が強張り身構えました。

「いるのは分かってるんだ、開けろよ」

あまりに激しく叩くドアの音に、おろおろしていた彼女が仕方なく立ち上がり、戸口に向かいました。

「ダンダンダンダン」

「金が入ったか、この間の金じゃ追いつかねえんだよ」

口汚く罵倒する男の声に、彼女がドアを恐る恐る開けました。

「おい、何度連絡したと思う。俺たちをなめるんじゃねぇぞ」

彼女の前で目つきの鋭い、いかにも悪人面《づら》の男が吼《ほ》えています。

「今日はおめえを連れて来いと、上からの指示だ、一緒に来てもらおうじゃねえか」

「あっ、痛い。やめて、手を離して」

その男が彼女の片腕を掴みました。

「金を返せなきゃ、おめえの体でカタをつけてもらう」

「や、やめて下さい」

彼女の叫び声に定さんがすっくと立ち上がり、戸口に向かいました。いつでも死ねる覚悟を持った人間は、年齢に関係なく不気味に落ち着いたものでございます。

「手を離しなよ、兄さん」

「なんでぇジジイ、何か用か？」

突然の定さんの出現に一瞬、その男がたじろぎました。

「その娘の手を離せと言ったんだよ」

「ジジイには関係ねえ。おい、このアマを連れ出せ」

男が振り向き、配下の若い男に怒鳴りました。瞬間、定さんは一歩踏み出し、その兄貴分の男の正面に立つと、やにわに男の目に拳を突き出しました。

「わあぁ」

定さんの不意の攻撃にその男は思わず彼女の手を離し、手で目を覆いました。

「な、何しやがる」

「孫娘の借金はおらが返す。それでいいだろう」

悪鬼の形相をしたその男に、落ち着いた表情の定さんがひと睨みしました。さすがに身を捨てた定さんの形相《ぎょうそう》には、凄みさえ感じられます。

「お、おめえは、祖父か。そりゃ、願ってもねぇ」

意表をついた定さんの気迫と言葉にその男は完全に飲まれ、頬を引き攣らせて微笑みました。

「で、いくらだい？」

「二、いや三百万だ」

「嘘です。その人は嘘を言っています」

「うるせい、黙ってろ」

彼女の声に、兄貴分の背後から若い男が身を乗り出してきました。

「分かった。だがそんな大金、今ここにはない。一週間後にここに取りに来い」

「い、一週間後だな。きっとだぞ。もし逃げたらただじゃおかねぇ。組を上げて追い掛け、見付けたらコンクリート詰めにして、東京湾に沈めてやる」

定さんの強い眼光に見据えられ、男たちはこそこそと捨て台詞《ぜりふ》を残して引き揚げていきました。

「もう心配はない。何か深い訳がありそうじゃな、話してくれるかい」

やっと表情が和らいだ彼女に、定さんが優しく尋ねました。

「お恥ずかしいところをお見せして、申し訳ありません。私の名前は安藤美帆といい、女子美大に通っている学生です。北海道で生まれて、高校を卒業後、美大に通うために東京にやってまいりました」

美帆は切々と彼女の生い立ちからこれまでの生き様を、ときには涙交じりに話し始めました。

「なるほど。お父さんが事業に失敗し、負債を抱えてお母さんと焼身自殺したのが、去年の暮れだったのかい」

「はい、私は……、私は東京におりましたので、両親がそれほどまで経済的にも精神的にも追い詰められていたことを知らなかったのです」

美帆は肩をすぼめて、ハンカチを目に当てました。

「両親は将来、私に苦労を掛けてはと……」

「うんうん、ご両親は美帆ちゃんに負担を掛けてはまずいと、土地と生命保険で負債を全額完済したんだね」

「はい。両親の葬儀の際に叔父の立会いの下で、父の会社の税理士さんが金融関係の会社の領収書を私に示して、すべての負債を完済したことを説明してくれました。さらに、私の将来のためにと、叔父にそれなりの金額を託してくれました」

「そうだったのかい、大変だったねぇ。それなのにあの取り立て屋の嫌がらせは辛かったねぇ」

「はい、私は北海道の叔父を通して税理士さんに聞いたのですが、北海道のヤミ金融の証書がどういうわけか東京のヤミ金融会社に流れたらしく、大至急、司法書士の先生に解決を依頼してくれるという内容でしたが、あんな始末です」

「独り身の美帆ちゃんと知って、あんな態度で強請《ゆす》るつもりなんだよ」

「彼らに脅かされ、これまで三回引っ越したのですが、最近、また彼らに見付かってしまいました。それといつの間にか大学さえ知られ、そこまで押し掛けられて、身の置き所がなくなってしまったのです」

「警察に相談したのかい」

「はい、数回訪ねたのですが、直接の被害が起きないと警察は動けないそうです」

「警察は善良な一般市民にとって、なんの役にも立たないからねぇ。被害に遭ってからというのは、殺されたら警察は動くということと等しいよ。まったく救いようのない国だよ、この日本は」

「おじいさん、私は北海道から独り出てきて、何も知らない田舎者でした。将来、画家になりたくて一生懸命勉強したかったのですが、彼らから邪魔され、東京では孤独な私に相談する相手もなく、もうなんだか逃げ回るのに疲れてしまったのです。最初、青山墓地で死のうと思いましたが、ホームレスの人たちが騒いでおりましたので怖くなり、それから私は昨夜一晩中歩いて、死ぬ場所を捜していたのです」

「そんなとき、おらと出会ったんだね」

「はい、独りで死ぬ勇気のなかった私は、おじいさんと一緒に死ねたらと思い、声を掛けました。見て下さい、これだけ睡眠薬があります」

美帆は背負っていたバッグを引き寄せ、中から袋に入った大量の睡眠薬を定さんに見せました。

「よくこんなに手に入ったね」

定さんは美帆の掌に載っている多量の睡眠薬の錠剤を見て、驚いております。普通、この手の薬は多量に服用すると危険とみなされ、限られた数しか入手できないはずです。

「両親が焼身自殺をした後、私は鬱《うつ》病と診断されていたので、睡眠薬は容易に手に入りました。しかし、死ぬことを考え始めてからは計画的に集め始め、特にこれは強力な睡眠薬だそうです」

美帆が取り上げた薬瓶のラベルに「ハルシオン」の名が見えました。

「苦労したねぇ」

「ねぇ、おじいさん。本当に一緒に死んでくれるんでしょう?」

「わ、分かった。しかし商売は商売だから、おらに五十万おくれ」

「あっ、ごめんなさい。すっかり忘れてしまったわ。これから私、駅近くの銀行へ行ってきます」

「おっと、それはちょっと危険だから、おらも行くよ。それとその足で渋谷区役所へ行くんで、美帆ちゃんも一緒に行ってくれるかい」

「もちろんよ、おじいさんが逃げたら、私、困ってしまうもの」

美帆が悪戯っぽい目をしてにこりと笑いました。

「ハハハハハ、これはまいった。美帆ちゃん、一つおらの願いを聞いてくれるかい」

定さんが真面目な顔をして美帆を見詰めました。

「なんでしょう?」

「確か渋谷駅の地下に、旅行会社があったねぇ」

「ええ、ありましたけど、なぜ?」

「美帆ちゃん、おらの最初で最後の願いを聞くと約束しておくれ」

「約束ですか……でも、できない約束もあるし……」

「そりゃもっともだ。それじゃおらの話を聞いてくれ」

定さんが胡坐《あぐら》を組み直し、話し始めました。

「美帆ちゃん、数年間大学を休学して、パリへ絵の勉強に出掛けたらどうだろうか」

「………」

「奴らもさすがに、消息不明になった美帆ちゃんを追い掛けまい」

「でも、おじいさんに迷惑を掛けてしまいます」

「おっと、心配するない。おらは美帆ちゃんの偽の遺書を持って、その睡眠薬を飲んで約束どおりに死ぬつもりだわ。美帆ちゃんの遺書を持って死んでいるおらを見て、取り立て屋も諦めるでなぁ」

定さんがちらっと私のほうに目をやりました。時間こそ掛かりますが、結果的には志賀内定さんが約束どおりに自死を図れば問題はないのですから、私はもちろんOKサインを作り、ウィンクしました。しかし、この時点で安藤美帆のシグナルは完全に消滅し、彼女には私の存在が見えないはずです。

「ご両親の遺してくれた金額でパリの生活は大丈夫だが、しかし、帰国してからの生活が、ちと心配じゃなぁ」

「いえ、北海道で牧場を経営している叔父から、いつでも戻って来いと先週も連絡がありました。でも、取り立て屋に叔父の住所を知られるとまずいと思い、これまで我慢していたんです」

「そうか、それなら帰国後は心配ないねぇ。それと美帆ちゃんの美大を通じてパリにある美術専門の学校を調べられるかい」

「はい、去年の冬休みに友人が短期留学した美術学校があります。私も誘われてパスポートも用意したのですが、結局、両親の不幸があって行けませんでした」

「よし、決まりだ。取り立て屋など、すべてのことはおらが後片付けしておくから、美帆ちゃんは将来の自分のために、大至急パリ行きの準備をすること、分かったね」

「…………」

「分かったら、大きな返事を」

定さんが茶目っ気たっぷりにおどけてみせました。

「それでは、おじいさんに申し訳ありません」

美帆のつぶらな瞳が曇ってまいりました。

「こらこら、商売は商売。早いとこ行かないと区役所が閉じてしまう。善は急げだ」

定さんは支度を終えた美帆を促し、急ぎ部屋を出ました。私も彼らに負けじと後を追い掛けましたが、高齢者のはずの定さんの足が速いこと速いこと。美帆もまるで走るように定さんの後を付いて行きます。初めに駅前近くの銀行に寄ったふたりは、すぐに地下鉄で渋谷に向かいました。その間、定さんは何度も周囲の様子を窺っておりました。

何事か地下鉄車内で話し込んでいたふたりは、やがて渋谷駅に着いたらすぐに地上に上がり、駅近くのカフェレストランに入っていきます。遅い朝食を食べるつもりでしょう。しばらくすると、辺りを窺いながら定さんと美帆が出てきました。恐らく取り立て屋を警戒しての行動と思いますが、美帆が先に渋谷駅を背にして公園通りを真っ直ぐ歩き始めました。わずかの間隔を開けて定さんが歩いて行きます。

その時突然、美帆が流しているタクシーを止め、中に入りました。定さんもすぐにそのタクシーに乗り込み、車は渋谷パルコ前を通り、やがて渋谷区役所前で停まりました。ふたりは速足で区役所の中に消えていきます。ふたりの行先は三階の生活福祉課でした。私は早朝から慌ただしかった行動に疲れを感じたので、ちょっと離れた所で様子を見ることにしました。

何やら定さんが係員と話しております。時折美帆も話に割り込んでいる様子は、まるで祖父に寄り添う孫娘の姿です。どうやら時間が掛かりそうですので、しばらく区役所の外で待つことにしましょう。私は権力を嵩《かさ》に懸《か》けるような役所を、昔からどうも好きになれません。外に出ると通りを隔てたビルの間から遠く森が見えます。まだ紅葉には早いのですが、黄色に変わった葉と緑の木々の綾《あや》に、私はちょっぴり安らぎを覚えました。きっと、昨夜のホームレスとの一夜は私にとって初めての体験だったので、少し精神的に疲れたのかもしれません。

おや、ふたりが建物から出てきましたよ。きょろきょろ周囲を見回し、やおら客待ちのタクシーに乗りました。私も急ぎ合流しましょう。

「以前見回りに来た係長さんだったから、面倒くさい話にならず、おらは運が良かった」

名刺を大事に両手で掴み、定さんは満面の笑みです。

「でも、お葬式代って意外に安いんですねぇ」

「役所が扱うからだろ。これでおらは安心して死ねるし、骨は故郷で眠っている家族の元に送ってくれるなんて、美帆ちゃんのお陰だわ。本当にありがとうよ」

「いえいえ」

「さあ、今度は美帆ちゃんの留学の件だ。もう奴らを警戒することもないから、渋谷駅近くの旅行会社に行くかい」

「いえ、自宅近くの池袋にします。そこに以前、友人と行った旅行会社がありますので」

「それは良かった。慣れている所がいい。美帆ちゃん、悪いが少し眠たくなった、着いたら起こしてよ」

「はい」

　よほど疲れているのでしょう。すぐに定さんの心地よい寝息が聞こえます。私もそんな寝息に引き込まれ、ついうたた寝をしてしまいました。

「おじいさん」

　どれほど経ったでしょう、美帆の声に定さんと私は目を覚ましました。すっかり街の様子が変わり、向こうに照明に照らし出された東武デパートのロゴが見えます。ふたりはタクシーから降りゆっくりとデパートの中に入っていきました。エレベーター前には多くの人々が待っていますが、やがてふたりは人混みに紛れ、エレベーターに乗り込んでいきました。

　私はふたりを見送ると、いったんここで天上に戻るつもりです。それというのも、定さんの覚悟を知りましたし、律儀な定さんは私との約束を決して違《たが》えないと信じておりますので、天上に定さんを受け入れる準備をしなければならないのでございます。それでは娑婆を離れますが、またすぐに戻りますので、しばらくはご容赦お願いいたします。

おやおや、天上の仕事を残して急ぎ娑婆に戻りますと、その日、部屋では定さん独りがテレビのお昼のワイドショーを観ております。

〈お独りですか?〉

〈ああ、これはこれは死神さん。あの娘は休学届を出すため、大学に行きましただ〉

〈いよいよ美帆さんは決心したんですね〉

〈もちろん、おらたちと違ってまだまだ若いし、将来の可能性は十分にありますもんでなぁ〉

〈そうですねぇ。話は違いますが、なんだかとても定さんの顔色が良く、穏やかな表情になりましたねぇ〉

〈そうですか。この数日、あの娘のお陰で和やかな家庭生活を味わわせてもらっています。これまでの獣のような生活から、やっと人間らしい生活をしているもんでね〉

〈それは良かった。ところで、後二日ほどで暴力団の取り立て屋が来ますが、大丈夫なんですか?〉

〈それはご心配なく。すでに着々と準備に入っておりますだ〉

〈今も天上からこちらに向かうとき、アパートの前の通りに黒塗りの車が駐車していて、目つきの悪い男たちが車の脇におりましたよ〉

〈連中はああやって毎日、おらとあの娘を監視しているんだわ〉

〈美帆さんが外国へ行かれるとき、大きなカバンを下げて外に出られませんねぇ。そんなことをすれ

ば、すぐ彼らに分かってしまう〉

〈それは心配ねえだ。毎日、カバンの中に海外旅行での必需品を入れて池袋駅近くの貸ロッカーに運んでいるっちゅうことだ〉

〈なるほど、出発日にその日まで用意していた必需品をロッカーから出して、旅行用トランクに詰めるわけですな〉

〈さすが死神さん、頭がよろしいなぁ〉

〈おやおや、煽《おだ》てないで下さい。ということは出発は近いのですね〉

〈そのとおりだよ。あの娘は明日、出発するんだ。死神さんにはその後、お世話になりますが、よろしくお願いしますだ〉

〈分かりました。後は私にお任せ下さい。しかし、少々心配なのはあの取り立て屋のことですが……〉

〈ああ、そのことだが、昨夜、彼女の叔父さんからの電話では無事解決したようだわ〉

〈と、申しますと……〉

〈叔父さんの知人の弁護士が間に入り、暴力団のトップと法律的に話し合ったそうで。おらはよく分からないが、どうやら一枚漏れてしまった借用証書らしいですなぁ〉

〈ふーん。まぁ、いずれにしても解決したわけですね。しかし、路上で監視している連中は相変わらずですが……〉

〈暴力団組織の末端まで伝わるのは、時間が掛かるんでねぇの。仮に約束の二日後に奴らが押し掛けても、おらは死神さんのお世話で明日にでもこの世とおさらばですから、無駄骨というわけですなぁ〉

〈そうですか。ということは、明日、定さんは天上行きをお決めになったのですね〉

〈はい、よろしくお願いいいたしますだ〉

〈そうと決まれば、私は再び天上に戻ります〉

〈お忙しいんだね〉

〈ええ、ここ数年、自殺の方々が急速に増え、私たちは天手古舞《てんてこまい》です。本来はじっくり定さんのおそばに寄らせていただき、お慰みいたさねばならないところを、お許し下さい〉

〈いやいや、おらはちっとも悲しくないだよ。ついていないおらの人生だったが、死ぬ間際になってむしろ、あの娘との平穏な生活ができて感謝しているんだわ。それと話の分かる死神さんに会えて、おら嬉しいよ〉

〈これは恐れ入ります。それでは、また明日お会いいたしましょう〉

私はテレビを見てすっかりくつろいでいる定さんとお別れして、天上に急ぎました。実際、天上では昨今の自死、自殺数の急増により私たち同僚の死神の数が足りず、私たちは時折新人養成所の教官として手伝いに行かされているのでございます。なぜこのように多いのでしょうかね、ひょっとすると最近の不況や政情不安が原因なのでしょうか。まったく困った時代でございます。さてさて、特に私は先般ご説明いたしましたように早とちりによる失敗からその汚点を取り除くべく、大いに上司の目を意識して点数を稼いでいるのでございますよ。それでは、私は再び天上に向かいますので、しばらく皆様のお目に止まりませんことをご容赦下さいませ。

えっ、定さんが、ホームレスの時と比べ今の生活があまりにも快適過ぎて、自死を拒否する心配はないのかと仰《おつしや》るのですか。その心配はご無用です。皆様には見えない定さんからの自死、自殺のシグナルがこれまで以上に激しく点滅しておりますので、百パーセント実行されます。それというのは、生まれながら凶の星を背負った定さんの倖せ薄き人生でしたが、思いも寄らずあの娘と過ごした末期《まつご》の安寧《あんねい》の日々を、定さんは、まるで夜空に咲いた大輪の花火のように熱き想いとして体感し、そして、それを八十有余年の人生の徒花《あだばな》と位置付け、納得し、命を私の手に委ねることを決心したと思うのでございます。

余分なことかと思いましたが、長々と定さんの代弁をしてしまいました。これはいけません、急ぎませんと上司の雷がまたまた落ちますので、それでは皆様、しばしのお別れ失礼いたします。

志賀内定は、台所で夕餉《ゆうげ》の支度をする安藤美帆の後ろ姿を見詰めながら、この数日の温《ぬく》もりに満ちた日々を思い出していた。

〈あの娘がここを出た後、薬を飲むことにしよう〉

定はこのアパートに迷惑を掛けないように、美帆が出た後はドアを施錠《せじょう》しないつもりだった。自分の死体を暴力団が発見し、大家か警察に連絡すれば、死体処理はスムーズに行われ、アパートには迷惑を掛けない。それだけをぼんやりと考えていると少し疲れを感じ、定は手枕をして横になった。近くで夜七時のニュースが聞こえる。

「おじいさん、お待たせ」

美帆の声に驚いて目を開けた。いつの間にか眠ったようである。昼からホームレス仲間に最後の別れをするため、久しぶりに渋谷界隈を歩き回ったため、疲れが出たようだ。

「さあ、おいしいすき焼きよ」

美帆の弾んだ声に、香ばしい香りが定の鼻をくすぐる。

「こりゃあ贅沢だ。肉がこんなに多く」

「そうよ、今夜は出発前の最後の夕食だから、私、奮発して買って来たの。たくさん食べてよ」

卓袱台の上には卓上コンロに乗った鍋がぐつぐつと煮え、肉や野菜の香ばしい匂いが部屋いっぱいに満ちていた。

「それではおじいさん、乾杯よ」

「そうだそうだ」

美帆がグラスにビールを注ぎ、定にそれを渡して自分もグラスを持った。

「美帆ちゃんの留学の成功と将来に、乾杯」

「おじいさんの幸せな余世に、乾杯」

ふたりはグラスを目の上に掲げ、互いに微笑み合った。美帆にとって一度は死を覚悟した身の上を救ってくれ、将来の指針を授けてくれた見知らぬ老人を、まるで実の祖父のように感じていた。一方の定にとっても、不幸な事故がなく家族が生きていれば、きっと孫と同じ年齢に達しているだろう美帆を見詰め、神や仏を信じぬ定だったが、今夜だけは素直に感謝の気持ちに浸っていた。主として美帆の話を聞く定であったが、最後の晩餐は夜更けまで続いていた。きっと美帆にとっても定にとっても、もしかすると今夜が今生《こんじょう》の別《わか》れになることを分かっていたのかもしれない。さすがに定は、酔いと昼間の疲れからか早めに床に就いた。もう思い残すことはないのだろう、倖せな寝顔はまるで優しい地蔵菩薩のお顔のようであった。


〈おや、いい匂いだ〉

定は薄目を開けて辺りを窺った。ホームレスの時の悪い癖で、周囲の様子を注意深く窺って目を開ける。定は周囲の景色に染まり、決して目立った存在であってはならないと、ホームレス生活の時はいつも心に決めていたのだ。

〈そうだ、まだあの娘の所に居候しているんだった。いかんいかん、今日はあの娘の出発日だった〉

定は慌てて起き上がった。机の上の時計に目をやると、すでに十時を回っている。窓を開けてその日の暴力団の所在の有無を確かめた。相変わらず彼らはアパートからやや離れた場所に黒塗りの車を駐車し、こちらの動きを監視している様子だった。

「おじいさん、おはよう。昨夜はずいぶん疲れていたみたい。すごい鼾だったわ」

「ごめんごめん、美帆ちゃんが眠れなかったねぇ」

「いいえ、私も酔ったらしく、ぐっすり眠れました」

「それは良かった。いよいよ出発だね」

「はい、飛行機は四時に出るんですが、その前に友人が空港まで送りに来るので、少し早めに出ます」

「そうかい。その友人にはパリ行きを話したのかい」

「はい、でも暴力団が私の跡を追っていることを知っていますので、秘密にしてくれています」

「いいお友だちだね」

「今度のパリ市内の美術学校は、彼女の紹介で決まりました」

「そうだったんだ。友人を大切にな」

「はい」

美帆が遅い朝食の膳を用意している。その時突然、彼女の携帯の呼出し音が鳴った。

「はい、あっ、叔父様」

どうやら話に聞いている北海道の叔父のようである。なにやら楽しそうに話している。彼女にとっては唯一の身内だから、このままいい関係を保っていてほしいと定は心底思った。

「えっ、本当ですか、嬉しい。本当に色々とありがとうございました。向こうに着いたらすぐお手紙を書きます。それでは行って来ます」

彼女の弾んだ声が聞こえてきました。

「おじいさん、今、北海道の叔父様から電話がありました」

「ほほお、出発前に話ができて良かったねぇ。美帆ちゃんの顔を見ていると、何か良いことがあったね」

「ええ、大ありです。パリ滞在中の生活費として、両親の遺してくれた山林を処分して仕送りしてくださるようです」

「そりゃ、本当に良かった。これであちらでの生活は心配なく、勉強に専念できるね」

「それと弁護士さんが、債務の件を正式に解決してくれたそうですので、これでひと安心です」

「いやいや、叔父さんには感謝しなくてはね。あれれ、何か焦げた匂いがするぞ」

「あっ、ごめんなさい。目玉焼きが……」

美帆が急いで台所に走った。

〈これですべての心配はなくなった。お陰で安心しておらはあの世に旅立てる〉

彼は美帆から預かった睡眠薬を手元に引き寄せてポケットに忍ばせると、初めて足腰を伸ばして、のんびりした気分になった。やがてふたりの遅い朝食が始まり、美帆は満面の笑みを浮かべ、まるで遠足前の華やいだ気持ちを祖父に語る孫娘のように饒舌《じょうぜつ》になっていた。定にとっても振り返った多難な人生において、これほどゆったりと安定した気分は、この数十年なかったように思われた。両親が亡くなり、天涯孤独と落ち込んでいた美帆、そして家族の温《ぬく》もりをすっかり忘れてしまった定にとっても、久しぶりの温かな家庭を味わった数日であっただろう。

朝食を終え、パリ行きの出発準備をしている美帆に慈愛の眼差しを送る定は、自分の死の代償として若き女が蘇《よみがえ》り、夢多き未来に旅立つことに心から満足していた。幸せな時の終わりが、やがてやって来た。

「それではおじいさん、少し早いのですが行って来ます。私が帰国するまで、この部屋で待っていて下さいね。あっ、ご心配なく。私が帰るまでおじいさんが部屋の維持をしてくださることを、叔父様が大家さんに話してあります」

「ありがたいが、おらは……」

定はこの先の自分の身上を話すべきかどうか迷った。せっかくの美帆の希望に満ちた未来への門出に水を差すべきではないと思い、定は黙って頷くだけであった。いずれ、後日になってすべてが分かるはずである。

「それでは、行って来ます」

「あいよ、頑張ってな」

いつものようにバッグを背に軽装の美帆が戸口に立った。定も一緒にアパートの外に出て彼女を見送った。取り立て屋の黒塗りの車から男が出て来て、ふたりの様子を窺っている。美帆はもうそのことを気にせず、笑顔で振り返って手を振った。定も彼女が角を曲がって見えなくなるまで手を振っていた。

〈フフフフ、まだ見張っていやがる〉

定はその車の方を一瞥すると、部屋へ入った。

〈明日、あいつらが来たら驚くだろうなぁ〉

定はまるで他人事のように呟くと、自分のリュックから昨日買ったウィスキーのボトルを取り出し、卓袱台の上に置いた。

〈さて、おいらも冥土の旅への準備をするか〉

台所へ行きグラスを持って来ると、ボトルの隣にグラスを置いた、次にポケットの中から睡眠薬を取り出し、グラスの脇に置いた。

〈おっと、忘れるところだった〉

彼は上着の内ポケットから区役所の福祉課でもらった係長の名刺を卓袱台の中央に置き、初めて大きく深呼吸をした。

〈死ぬ前の倖せな一滴《ひとしずく》か、悪くなかった〉

定はこれまで何度も、野垂れ死にしていたみじめなホームレス仲間を見てきた。それだからこそ、自分はつくづく果報な男だと思っている。それもあの娘のお陰だ。彼は美帆の面影を思い浮かべながらグラスになみなみとウィスキーを注いだ。定の頭の中に、やがて昔の家族と団欒《だんらん》する光景が浮かんできた。

〈もうすぐそっちに行くからな〉

卓袱台の上の睡眠薬の袋から次々と錠剤を取り出し、睡眠薬の山を作り混ぜ始めた。

〈まずはウィスキーからだな〉

思い切り良く、グラスいっぱいの琥珀色の液体を一挙に喉に流し込んだ。たちまち液体が焼けるように喉から食道を通って胃に収まっていく。同じようにグラスいっぱいにウィスキーを注いだ。

〈さて、いくぞ〉

定は両手いっぱいに錠剤を掴み、次々と口の中に放り込む。それに強力な瓶の「ハルシオン」をひと飲みして、口の中の錠剤を噛み砕きながら再びグラスに手を伸ばし、一挙に液体を喉に流し込んだ。

「うっ」

錠剤が喉に詰まり、慌ててボトルのままウィスキーを飲んだ。次第に体が火照り、頭が酔いのためふらふらしてきた。

〈さて、残りの錠剤を〉

今度は両手で錠剤を次々と口の中に押し込み、噛み砕き、ウィスキーでそれを流す動作を数度繰り返すうち、ボトルのウィスキーがほとんど空になった。体が焼けるように熱く、部屋の中がぐるぐる回り始めた。

〈母ちゃん、じきに会えるね〉

妻の顔が定の頭の中に大きく膨らんでいき、彼は音を立てて倒れると、引きずり込まれるように暗い暗い、深い深い奈落の底に落ちていった。

あれあれ、遅くなり申し訳ありません。実はついつい天上の行きつけの店の馴染みの娘にほだされ、長居をしてしまいました。おっと、死神社会にも皆さんの人間社会と同じように、上司の機嫌取りに疲れた心を癒す娯楽施設はたくさんあります。私ども自死・自殺専門の死神は、不条理や理不尽の果てに自死する哀れな依頼者たちの姿を何度も見ていますと、同情心とかそこまで落とし込んだ加害者への怒りなどのストレスが積もり積もって、体調を崩すのでございます。もちろん、沈着冷静で意思堅固な有能、優秀なエリート死神はそれほど影響を受けないそうですが……。やはり私は上司の言う落ち零《こぼ》れの死神なのでしょうか。

それはさておき、志賀内定さんの居場所は……。ありましたありました、強いシグナルがあのアパートの一室から放たれております。わあぁ、この甘酸っぱい臭いと、ウィスキーの空きボトル、それに卓袱台の上に散乱した睡眠薬の空袋の数々。それに定さんがご自分の遺体から離れ、窓際に立って外を見詰める寂しげな姿は、すでに霊界の人になっておりますなぁ。

〈どうしました、志賀内さん〉

〈あっ、戻られましたな。お約束どおり天上にお連れくだされ〉

〈はいはい、もちろんですとも。ところで、娘さんは？〉

〈絵の勉強のため、パリに行ったよ。今ごろ、羽田を飛び立ったはずだで〉

〈ほほう、あなたは彼女を死の淵から救い出し、再起への道に導いたのですね〉

〈そんな大袈裟なことではないですわ。最後になっておらの死と引き替えに、若い者の夢の手助けをして満足しただけだで。おらの一生は、決して悪いことばっかでなかったことを体得しただよ。それとおらはあの娘に会えて、これまで放浪していたおらの人生の掛け違ったボタンを、まともに掛け直してくれた天使のような娘だったと思うとる〉

〈それは良かった。それでは、そろそろ天上にお連れいたします。ご準備はよろしいですか？〉

〈お願いしますだ〉

定さんの声に頷いた死神が天上に向け何か呪文を唱えると突然、一本の明るく輝く目映《まばゆ》い太い光の筋が天上から降りて来ました。死神はその光の筋に触れると志賀内定さんを手招きし、一緒になるとその光の中をゆっくりと天上に上がっていきます。

〈おや、定さん。西の方を見ていますが、何か？〉

〈いえね、あの娘の乗る飛行機があそこに……〉

定さんの目線の先に、ぽつんと鈍い銀色の機体が見え、やがてその機体が茜色の空に溶け込んでいきました。

第5話　走れ、翁

薄井影夫　七十六歳

おうおう、寒風吹き荒《すさ》ぶ甲州街道（国道二〇号線）を肩まで伸びる長髪、胸まで届く口髭を風になびかせ、颯爽《さっそう》と走っておりますなぁ。先程まで背後に白銀の富士山が遠く見えましたが、今度は前方に頂上を白く装った八ヶ岳連峰が見えてまいりました。

しかし、七十六歳の高齢でTシャツ、短パン、それにバッグを背負った元気なお姿に、感嘆というより感動すら覚えます。

さて、本日の私の依頼人であります薄井影夫さんを、このようにして間近に拝見いたしますと、私に一つの疑問が生じるのでございます。と申しますのは、今朝早く、私は天上にて薄井さんから切羽詰まった激しいシグナルを受けたのでございます。その激しさは異常なほどで、私は取る物も取り敢えず娑婆に降りてきたのですが、薄井さんのこのような勇壮なお姿を拝見いたしますと、あれほどの激しいシグナルを送った薄井さんの真意が汲み取れず、困惑してしまうのでございます。その時一瞬、頭を過《よぎ》ったのは、またしても私の死神としての資質が問われ、経歴に汚点がつくのかという不安でありました。

実は以前、私の見込み違いから私の依頼人を「自死」と「自死未遂」と見間違え、上司にえらく叱責され、それを挽回するため非常に苦労した経験があるのです。そのため今度もその心配が先に立ち、私は恐る恐る薄井さんに接触を試みるようにしました。

〈あのぅ……〉

私は走る彼の背後から、遠慮がちにささやき掛けました。

〈えっ……〉

突然の声と黒いマントに大きなフード姿の私に、薄井さんは予期していたのでしょうか、それほど驚きませんでした。ちらっと私の方へ顔を向けるとすまなさそうに軽く頭を下げ、走る速度を緩めました。

〈すみません、今朝起きるとき、私は天上の妻に一刻も早く会いたくて、死を覚悟したのです。しかし、陽が昇ると私の背後に無心で付いてくる人たちのことを考え、その決心も揺らいでしまったのです。なにとぞ、数日の猶予を下さい。それまでに私の行く末を彼らに説明し、解散するように説得します。その後、どうか私を天上にお連れ下さいますよう、深くお願いいたします〉

薄井さんは吐く息も白く、真剣な眼差しで私を見詰めると再び軽く頭を下げ、走る速度を上げ始めました。私は彼の話を聞くまで気が付かなかったのですが、遥か後方に薄井さんと一定の距離を保って走る、多くの老若男女《ろうにゃくなんにょ》の一団がありました。

〈あの人たちは?〉

〈よく分からないのです。私が数年、日本全国を走り回っているうちに、いつしか私を慕って後を追いかけてくるのです〉

〈薄井さんを慕って。それはどういうことですか?〉

〈彼らの思い違いなのです。ただ走る私の姿に世間は最初こそ狂人扱いでしたが、次第に何を勘違いしたのか勝手に聖人と買い被り、去年から私を慕って付いてくるのです。私は本当に困っています。今日、私は彼らと真剣に向き合い、誤解を解くつもりです。ですから、私に時間を下さい〉

薄井さんは顔を歪め、私に会釈すると苦しそうな表情を作り、道路標識にある韮崎駅、増冨温泉郷の矢印に従って、次第に坂道になっていく県道を走っていきました。私はもう少し薄井さんのご事情を知りたかったのですが、後程の休憩時にお聞きするようにいたしましょう。

さて、恒例になりますが、本日の依頼人である薄井影夫さんの資料を繙《ひもと》くことにいたしましょう。

おっとその前に、先程から皆様の面前にしゃしゃり出て、だらだらとお話しております私の自己紹介が遅れてしまい、誠に申し訳ありません。深くお詫びいたします。もう皆様はお気付きかもしれませんが、私は人間ではありません、それも皆様が忌み嫌う死神でございます。

しかし、ただ天寿を全うしたり、病死・事故死の死者に寄り添う一見華やかなエリートの死神とは違い、私たちは自死、あるいは自殺者を担当する地味で質素な死神でございます。一部の人たちは私たちのことを、正面《まとも》でない死者に寄り添う裏街道、あるいはヤクザな死神と言われますが、どうして私たちの存在は、ある人たちにとっては救いの神、はたまた助けの神と崇め立てられていることは事実でございます。そのため私は、自分の仕事に非常に誇りを持っております。

さて、お待たせいたしました。本日の依頼人、薄井影夫さんの経歴をご紹介いたしましょう。

　昭和十九（一九四四）年、薄井影夫さんは北海道・夕張山地の西側、美唄《びばい》市に薄井家の次男として生まれました。当時の世相としては、第二次世界大戦の戦時下にあって、多くの国民の頭からは敗色濃厚の印象がぬぐえませんでしたが、この年、暴走する大本営が全力を挙げたインパール作戦が大失敗し、南方の島々から飛来するアメリカの戦略爆撃機B29は連夜のごとく日本の大都市を遠慮なく爆撃し、甚大《じんだい》な被害を与えていたのでございます。

　薄井さんの生まれた石狩炭田地域は日本一の石炭生産量を誇っていて、明治十三（一八八〇）年に幌内炭鉱が開坑されてから大勢の人々が集まり、歌志内、砂川、美唄、三笠、夕張などの炭鉱都市が生まれました。かつては三井・三菱をはじめ大小十二の炭鉱があり、薄井さんの父親は、鉱山技師として一家を支えておりました。戦前、戦後にわたり、道内屈指の炭鉱都市として美唄市は大いに栄え、薄井さんの中学・高校時代は、結構満たされた生活環境の中で育ったのでございます。

　しかし、薄井さんが小樽商科大学に入学した昭和三十八（一九六三）年、それまでのエネルギーの供給は石炭が中心でしたが、安くて豊富なイラン、イラクなどの中東諸国の石油と、外国産石炭などの輸入が増えて、国内産の需要がだんだん少なくなってきました。いわゆるエネルギー革命が起こったのでございます。そのため、薄井さんの父親の働く三井美唄炭鉱がその年に閉山したのを皮切りに、次々と炭鉱が閉山されていきました。薄井家にとって、悲劇はそれだけでは終わりませんでした。室蘭工業大学を優秀な成績で卒業し、父親と同じ職場で鉱山技師として働いていた影夫さんの兄が、将来の不安を苦にして自殺したのでございます。一家は失意のうちに兄の遺影を携えて炭鉱《やま》を去り、職を求めて札幌の工業地域に移住しました。

だが、そんな不幸のどん底の一家にも春は巡ってまいりました。昭和四十二（一九六七）年、無事卒業した影夫さんはめでたく北海道拓殖銀行に就職いたしました。拓殖という国家使命を持って明治三十三（一九〇〇）年に誕生した道民のための銀行、そして、北海道経済の牽引《けんいん》役としての一流の都市銀行に就職できたのでございますから、不運続きの薄井一家にとってはどれだけ喜ばしいことだったでしょう。そして八年後、社内結婚をした影夫さんは両親を引き取り、平穏無事で幸せな日々を過ごしていたのでございます。

ところが二十年ほど経つと、それまで順風満帆と思われた薄井影夫さん一家に波風が立ち始めました。家族内では父母が次々と病《やまい》で逝き、仕事面ではそのころ絶頂期だった日本経済が弾《はじ》け、多額な不動産投資に走った拓殖銀行は不良債権に蝕まれ、ついには影夫さんが五十三歳の平成九（一九九七）年に破綻したのでございます。もちろん当時、東京の石神井支店長だった彼は以前からその兆候を察知し、本社の幹部社員には何度も上申しましたが、経営陣は大蔵省の「護送船団方式」、すなわち国は都市銀行を決して見放さないという神話を信じ切り、多くの各界の提言、アドバイス、苦言を無視し続けていたのでございます。

その結果として影夫さんは退職金を得られず、残存していた住宅ローンも払えず家を手放し、尾羽打ち枯らして東京での支店長時代の伝手《つて》を頼り、上京したのでございます。しかし、幸いなことに小さな町工場で経理の仕事を得て、子供のいない影夫さん夫婦の六畳一間の貸しアパートでの新生活が始まったのは、彼が五十五歳、平成十一（一九九九）年のことでありました。

それから影夫さん夫婦は細々ながら質素に生活し、やっと安心できる老後への蓄えが出来そうだった七十歳の冬、残業帰りだった最愛の妻が、迎えに行った影夫さんの目の前で自動車事故に遭い、亡くなったのでございます。工場から出てすぐの道で、彼女が影夫さんを見付けて走り寄った瞬間の出来事でした。突然脇道から出てきた自動車に、連日の過労でよろけ、避けきれなかったことが原因でした。影夫さんは半狂乱のようになって倒れた妻の元に駆け寄り、その身体を起こしましたが、全身を強く打ちすでに即死の状態でありました。

結婚してすぐに両親と同居し、若い時は身持ちのないことで肩身を狭くし、両親が年老いると、その身の回りの世話に身を挺し、初老を迎えれば影夫さんの仕事先の銀行の破綻で生活苦に陥るといった、誠に幸せ薄き妻に、ただただ詫びを入れる毎日でありました。周囲の心配をよそに一日中、妻の仏壇に頭《こうべ》を垂れる影夫さんの姿は、日に日に痩せ衰えていきました。

そして、妻の四十九日の喪が明けた日、影夫さんは知人の反対を押し切って身辺をすべて整理し、突然走り始めたのでございます、まるでその姿は妻との思い出を断ち切り、悲しみに打ち勝つためには、後ろを振り返らずに前に向かって走ることでしか生きていられない、そんな思いが込められているようでした。そして走り、走り、妻との思い出を忘れるために毎日走り続けたのです、しかし、糟糠《そうこう》の妻との思い出は、決して忘れることはできなかったのでございます。その思いは一年、二年と益々強くなるばかりだったのです。そして影夫さんは昨夜、私にシグナルを送り、愛する妻の元へと旅立つ決心をしたのでございます。走り始めた本当の理由は、本人にじかにお聞きしなければなりませんが、以上が薄井影夫さんのおおよその経歴でございます。

おやおや、あまりにも熱心に皆様にお話している間に、当人の薄井影夫さんの姿を見失ってしまいました。ちょっと天上高くから見付けますので、少々お待ち下さい。ええと、いたいた、いましたよ。韮崎駅からかなり離れた塩川の支流を遡り、里山を走り抜けて林道を走っていた薄井さんが、とある荒れた山寺の前に立ち止まっております。走るのをやめて、どうしたのでしょう。気になりますので、聞いてまいります。

〈もしもし……〉

〈ああ、死神さん……〉

〈いかがしました、走ることを止めて〉

〈ここの山寺で、後からやって来る皆さんと話し合おうと思っています〉

〈しかし、かなり荒れていますが……〉

見ると、石段の先の山門の構えは立派ですが所々瓦が外れ、その間から野草が生え放題です。扉の木は半分朽ちかけ半開きになっていて、外から境内が丸見えで、時代を感じさせる本堂が見えます。周囲にはこの古寺を囲む雑木林が鬱蒼《うっそう》と茂り、野鳥の鳴き声しか聞こえず、どうやら人の気配が全くない、空き寺の風でありますなぁ。

〈いえ、雨風さえ凌《しの》げればどこでもいいのです〉

薄井さんはにっこり微笑むと、飄々とした風体で山門をくぐって行きます。しばらくすると、走って来た三十人ほどの老若男女のグループも薄井さんの後を追い、なんのためらいもなく山門を抜けて、本堂に向かって行きます。私も取り急ぎ彼らの後に付いて行きました。今にも朽ちて倒れるかと思われる山門を抜けると、やはり瓦が所々欠け落ち、壁板が変色して一部朽ちかけた、無人の空き寺でございました。中に入ってみると本堂内部は思ったほど荒れてなく、清掃が行き届いていることに驚かされました。奥の方で声がするので行ってみますと、薄井さんが老婆と話しております。

「突然お伺いいたしまして、申し訳ありません。私は薄井影夫と申します」

「あれあれ、おら、お前様を知ってますだ。テレビに出ている偉い上人様だで」

「いや、それほどではありません」

近寄ってみると、老婆が手を合わせ頭を下げる姿に、慌てて薄井さんが否定しております。

「誠に言いにくいのですが、今晩だけ、こちらに寝泊まりさせていただけませんでしょうか。もちろん、代金はお支払いいたします」

「あれぇ、お金なぞいらんよ。偉い上人様がお泊まり下さるとは、ありがたいことだで」

「あちらのグループの人々も一緒ですが」

薄井さんが、境内で思い思いにたたずむ一団を指しました。

「そりゃ、困ったぞ。お上人様の布団はござるが、あんなにたくさんの人々の布団は……。いや、待って下され。町に連絡するだよ」

老婆は足早に奥の間に戻っていきました。

「皆さん、こちらにいらして下さい」

薄井さんの手招きに、こちらの様子を窺っていたグループが喜々としてやって来ます。その表情は、薄井さんを聖人と崇め、畏敬の念を胸に刻み、招かれた喜びを体いっぱいで表現しているようでございます。

「さて、皆様」

周りに寄って来た老若男女に向かい、薄井さんは微笑をたたえ静かに語り始めました。

「これまで長きにわたり私を追走して下さり、ありがとうございました。私は本日をもってこの寺を終息の場と定め、走ることを止めます」

「えっ……」

一瞬、人々はその言葉に息を飲み、たちまち失望、落胆の溜息とささやきが沸き上がりました。

「ご上人様、何故でしょう」

坊主頭でいかにも質直《しっちょく》そうな中年男が、人々の中から薄井さんににじり寄って来ました。

「それは私が様々な思いを断ち切り、やっと天上の妻に会う決心をしたからです」

「それは奥様への愛、すなわち人類への愛の尊さを悟ったからでございましょうか。それと悲しみを悼《いた》むよりも前を向き、悲しみと正面から向き合って、明日への希望を持つべきだとお悟りなさったからですか」

「いえいえ、そんな大袈裟なことではありません。ただ、妻の死を振り返ったとき、悲しみが次々と沸き上がり、苦しさで気が狂うほどでした。そのため、ともかく無心で明日に向かって走りたかったのです」

「なるほど、無心で明日に向かって走る……」

坊主頭は納得したように何度も頷いております。

「それは振り返って、独りで悼《いた》むことを止めて、自分を解放したかったのです」

「そうですか、振り返ることより、前に向かって自己を解放することですね」

その坊主頭は、グループの老若男女を振り返り復唱しております。全員がその声に頷き、いつの間にか薄井さんに向かって手を合わせております。

〈弱りましたねぇ、完全に私の言葉を誤解している。私はただ早く妻に会いたいため、今日で見切りをつけたかったのに〉

〈あの坊主頭の方は、本当に思い込みの激しい方ですねぇ。聞いていると次々と薄井さんの言葉に衣《ころも》を付けて、皆様に説明しておりますなぁ〉

向こうを見ると、坊主頭の中年男が何やらグループの面々に指示を出しております。その時奥から老婆が息せき切って戻ってまいりました。

「上人様、すぐに村の者がやってめいります、ともかく奥でひと息入れて下され」

「布団はいかがでしたか？」

「へぇ、村長がすぐに町の方へ手配するそうですから、心配ごぜえません」

「それはありがとうございます」

薄井さんは老婆の誘いで奥の方へ消えていきました。境内を見ると、相変わらず坊主頭を中心にして、グループ解散について語り合っております。その時山門の向こうから大勢の声が聞こえてまいりました。彼らは境内に屯《たむろ》するグループに一瞬驚いておりましたが、その中から年配の男が本堂に近寄ってまいりました。後から作業着を身に着けた村人たちがぞろぞろ付いて来ます。

「よねさん、いるかい」

その老人の大声に、奥から老婆があわてて走って来ました。

「上人様だと。今、奥におられると言うのけ。村長がすぐにやって来るだ。それまでおらだちがご接待を頼まれてなぁ。そうか、奥の間か」

大勢の村人たちが、私語を交えながら本堂に上がりました。

「これはこれは、皆様」

村人の声に突然、奥からTシャツ、短パン姿の薄井さんが、にこやかに笑みを浮かべて現れました。

「これはこれは、上人様。へへェ」

薄井さんの突然の出現に老人が慌てて平伏すると、その勢いで村人全員が平伏しています。それを見ていた坊主頭の中年男が、グループからするりと離れ薄井さんに寄って行きます。

「ああ皆様、頭を上げて下さい」

戸惑う薄井さんの手を取って、本堂奥の須弥壇《すみだん》近くに座らせますと、村人に向かって言いました。

「えーと、上人様は着替えを所望しております。上人様にふさわしい着替えをご用意下さいませ」

「はて、そうさなぁ」

坊主頭の声に老人と老婆が顔を見合わせ、足早に奥の間に向かって行きます。

「上人様、風邪を引きますので、お着替えを」

「いや、僕は……」

困惑する薄井さんを坊主頭が強引に奥へ導いていきました。境内に屯《たむろ》していたグループも次第に本堂に上がり、村人と同様に頭を下げて薄井さんの現れるのを待っています。やがてランニング姿から僧服に着替えた坊主頭の男を先頭に、老人、老婆に伴われたきんきらの僧衣姿の薄井さんが、照れ臭そうに現れました。馬子《まご》にも衣裳と申しますが、あのTシャツに短パン姿で、長髪に長い髭姿の薄井さんが金襴《きんらん》の僧服を身に着けると、誰が見ても高僧、いや仙人にも見えるから不思議でございます。本堂奥の須弥壇前に座った薄井さんの脇には、いつの間にか、いかめしい表情のあの坊主頭が座っております。

「皆様、お顔を上げて下さい」

平伏していた村人やグループの人々に、薄井さんがか細い声を掛けました。

「上人様のお言葉でございます。お顔を上げて下さい」

弱々しい薄井さんの声に反して、堂々としたバリトン調の声に変質した坊主頭の声に、一同顔を上げました。

「上人様、おらたちのような寒村によく来て下さりましただ」

先程の老人が手を合わせ、薄井さんに頭を下げました。

「もうすぐ村の代表がめえりますが、その前におらたちがお礼の言葉をお伝えいたしたく、参上つかまつりましたです」

老人の声に村人全員が改めて平伏しました。

「こちらこそ、突然で申し訳ありません」

「エッヘン、オホン」

薄井さんが頭を下げようとすると、それを阻止するかのように坊主頭が咳払いをしております。

「上人様、上人様、どうかおらの息子の亡骸《なきがら》を見付けて下せえませ」

突然、老人の後ろの身形《みなり》の貧しそうな老婆が、涙で顔を歪めながらにじり寄って来ました。

「亡骸？」

薄井さんが脇にいる私に顔を向け、首を少し傾げました。おっと申し遅れましたが、自死を望む薄井さんには私の存在は分かるのですが、その他の人々には、私の姿は見えません。悪しからず。

「去年の夏の豪雨で、この千代さんのところの倅が流され、いまだに死体が上がってねぇのでごぜえます」

老人が老婆の代わりに答えました。

「ありがたき上人様が、後程見付けて下さいますよ」

坊主頭が泣きじゃくる老婆の元にそそっと寄り、慰めております。

〈おいおい、勝手にそんな安請け合いをするな〉

薄井さんが坊主頭を睨《ね》め付けております。

「上人様、私のところの子供が二日前より高熱を出し、生死を彷徨《さまよ》っておりますだ。お医者は手を尽くしてくれますだが、今では息も絶え絶えでごぜえます。救急車を呼んでおりやすが、町から遠いのでまだ来ておりやせん。どうかどうか、子供の生命をお救い下せえませ」

今度は後ろに座っていた若い女が突然立ち上がり、泣き叫びながら村人をかき分け、薄井さんの面前に寄ってまいりました。

「坊やの病気はそんなに重いのですか？」

「はい。どうか、どうかお助け下せえ」

「大丈夫、ご心配なく。上人様がこれからお救いに伺います」

〈えっ、そんな……〉

坊主頭の突然の言葉に薄井さんが狼狽《うろた》え、私の方へ顔を向けました。

〈心配ありません。私がなんとかしましょう〉

私の言葉に、薄井さんが安堵の表情に変わりました。

「それでは、急ぎましょうか」

薄井さんが突然立ち上がりました。一同も驚いて立ち上がり、あわてて薄井さんの歩く道を作りました。坊主頭が狼狽《ろうばい》して薄井さんの僧衣を直し、先導に立とうとしております。若い母親はおどおどしながらも、薄井さんの先を歩いています。グループの老若男女も村人たちの後に付いていきます。

「近くですか？」

「はい、家は村の中ほどにあります」

「それでは走りましょう。急がないと」

　若い母親の言葉に、薄井さんが僧衣をたくし上げて突然走り始めたので、一同大いに驚き、全員がふたりの後を追い掛けていきます。僧衣姿の薄井さんを先頭に大勢の人々が一斉に走る姿は、なんとも奇妙で珍しい光景です。やがて若い母親の家に息せき切ってやって来た薄井さんは、不安そうに私を捜しております。家の中に入り、私が先に少年の枕元におりますのを見付け、安心したように寄って来ました。

〈私がこの坊やの担当の死神と外で交渉している間に、すぐに坊やの頭を玄関の方へ向けて下さい〉

　私の言葉に急ぎ薄井さんが幼い少年の布団を持ち上げ、枕元を玄関口に変えております。若い母親は不思議な薄井さんの行動にじっと手を合わせて祈り、外の村人やグループの面々は固唾《かたず》を飲んで見守っておりました。

　私が少年担当の死神との交渉を終え部屋に戻ってまいりますと、薄井さんが心配そうな表情で幼い子供を見詰めております。

〈もう大丈夫。薄井さん、子供の頭に手を当てて下さい〉

　薄井さんは私の言葉が信じられない様子で、恐る恐る子供の頭に手を当てました。

「あっ、子供が、子供が気付いたようです。上人様、上人様、ありがとうごぜえますだ。本当にありがとうごぜえます」

若い母親の泣き声に、外で様子を窺っていた村人やグループ全員が歓声を上げております。薄井さんは目の前で起こった不思議な現象に驚き、体が固まっております。

「皆さん、上人様の奇跡が今、目の前で起こりました。心より上人様に合掌を」

坊主頭のバリトン調の大声が辺りに響きました。家から出て来る不可解な様子の薄井さんに全員が手を合わせ、平伏しております。

「上人様、おらの、おらの息子の亡骸はどこでごぜえますだ?」

先程の老婆が薄井さんの足元にひれ伏しました。

〈見付かりますか?〉

困惑した表情の薄井さんが、私に再び顔を向けました。

〈もちろん、分かりますが、これもそれぞれ死神間での管轄がありますし、私が出しゃばると、後で問題になりますなぁ〉

〈なんとかこの気の毒な老婆を救ってくれませんか〉

〈…………〉

「上人様、お力を」

悲痛な面持ちで佇む薄井さんに、何度も老婆が地面に頭を打ち付け懇願しております。

〈なんとかお願いいたします〉

慈愛に満ちた薄井さんの眼差しに私は押し切られ、渋々頷きました。管轄内に部外の死神が介入するときは、上司の許可が必要となります。しかし、今回はその掟《おきて》を破りました。またしても私の情の脆《もろ》さが災いしてしまったのです。もう、後は野となれ山となれの心境でございます。

恐らく、今年の自然災害の甚大さで忙しさにまみれ、水死者担当の死神が見落としたに相違ありません。私はすぐに中空に飛び、亡骸を見付けると薄井さんの脇に寄って行きました。

〈ここからしばらく行った川下の、澱んだ水底の岩の間にいましたよ〉

〈死神さん、ありがとう〉

薄井さんは早速、老婆に寄って行きました。

「この川をしばらく川下に行ったところに、息子さんの亡骸は眠っておりますよ。一緒に行きましょう」

それを聞いた坊主頭が村の老人に向かい、警察に連絡し、遺体収容の指示をしております。老人は信じられない様子でしたが、早速手配を若者に命じ、自分は老婆とともに薄井さんの先導をと、先に立って歩き始めました。後方で、若者が携帯電話で警察署と消防署に協力を依頼する大声が聞こえます。すでに歩き始めた薄井さんの先駆けにと、坊主頭があわてて駆け寄って行きます。その後を長蛇の列を作って、半信半疑のままの村人とグループの老若男女が大勢追い掛けていきました。

今朝まで閑散として、川のせせらぎと野鳥のさえずりだけが聞こえていたこの辺境の地の荒れ寺周辺が、まるで町のお祭りのような騒ぎとざわめきになり、私は度肝を抜かれました。

本堂には正装した村長以下村の有力者、そして消防団や警察官などの制服姿、それにめかしこんだ村人数人が、さらにはますます薄井さんを信奉するランニング姿の老若男女のグループが、薄井さんへの饗応《きょうおう》のための大宴会。それに加え、薄井さんの奇跡の数々が村の人の口から口へと伝わり、それを取り上げたテレビ局の報道で知った多くの視聴者が、薄井さんをひと目でも見たいと押し寄せ、群衆が境内に満ちております。そして、山門下の道には多くの車が所狭しと駐車し、中には公共テレビ局のロゴマークの付いたマイクロバスの近くで、煌々《こうこう》と輝くテレビライトを浴びたタレントらしき奇妙な男たちが本堂を指差し、なにやら大声で説明しております。

こんな大騒ぎになるとは思いも寄らず、私は驚き呆れております。しかし、薄井さんは私以上に驚き、おののき、困惑している様子です。困惑といえば私も同様で、ちょっぴり不安なことがありますので、急ぎ天上に戻ります。と申しますのは、私は死神としての職責上禁止されている、二度も管轄外に立ち入った行為を上司に報告し、許しを請わねばなりません、そのため、しばらく皆様とお別れせねばなりませんことをご容赦下さい。では、それほどお時間はお取りしないと思いますが、失礼の段、お許し下さいませ。

夜の静寂がすっぽりと本堂を包み、先程までの饗応のざわめきが嘘のように静まり返っている。広々とした本堂には整然と布団が敷き詰められ、老若男女の多くは今朝からの疲れからか、すでに横になっている者もいた。その時奥の間から薄井が憔悴《しょうすい》しきった顔でやって来た。

「皆さん、起床して下さい。上人様がおいでになりました。合掌平伏」

坊主頭が突然、大声を張り上げた。その声に皆が慌てて起き上がり、合掌平伏している。

「あっ、皆さん、楽にした状態で結構です」

慌てて薄井が手で皆を制し、本堂の須弥壇前に立った。

「実は、皆様にお話があります」

「皆にご上人様から直々のお話があります」

坊主頭がか細い薄井の声に代わって、バリトン調の声を張り上げ、重々しく叫んだ。

「ああ、もっと皆さん、こちらに集まって下さい。それと私の声を復唱しなくても結構ですよ。直接皆様に話しますので」

薄井の言葉に坊主頭が狼狽《ろうばい》し、頭を下げた。

「皆様、私は明日からもう走りません。したがって、皆様はもう私の後に付いて走る必要はないのです。そのため私は皆様と今夜でお別れいたします」

「上人様、上人様」

「上人様」

薄井の思いがけない突然の話に、あちらこちらから悲しみの声が掛かった。

「私は最愛の妻を失い、後悔と悲しみの毎日でした。しかし、悲嘆のみで一定の所に立ち止まって、後ばかり振り返っていては何も生まれませんでした。そこで前に、未来に向かって走り始めたのです。きっと明日、あるいは明後日、悲しみを乗り越える何かがあるかと思い、無心で三年近く走ってきました。そして、ようやく私は見付けたのです。だから走ることを止めます。皆様も一人一人で自由に走り、あなた方が探し求める何かを、ご自分の力で見付けて下さい」

「上人様、どうか迷える私どもをお救い下さい」

すすり泣く声が堂内に響いている。

「皆様、人に頼って生きてはなりません」

珍しく薄井が声を荒らげた。

「生まれてきた時は、私たちは独りでした。そして死に逝く時も、また独りなのです。だから自分を信じ、過度な欲を捨てて、足元の小さくとも大切な幸せを見付け、それを育ててゆくのです。焦ってはなりません」

ここで薄井は頭を垂れる皆を見回し、再び声を張り上げた。

「独りで立つのです。力強く生きてゆくのです。それでは皆様、長いことありがとうございました。さようなら」

薄井は深々と頭を下げると、本堂を去っていった。

「上人様、お救いを」

「お助けを、上人様」

背後の悲痛な声に薄井は二度と振り返ることなく、奥の間へ続く暗い廊下に消えていった。


〈どうしました？〉

私が急ぎ娑婆に戻りますと、眠っていると思った薄井さんが、漆黒の闇の中に目を大きく開け、何事かを考えております。

〈本堂に寝ている、皆さんの行く末を考えています〉

先程までの悲嘆に眩《く》れたささやきも静まり、風で外の木々の擦れ合う音のみが聞こえる森閑とした本堂を振り返り、私は薄井さんにささやきました。

〈あの方々はなぜ薄井さんを神のように崇め、信奉しているのでしょうか〉

〈まったくの思い違いで、買い被りなのです〉

薄井さんは苦笑しながらも静かに話し始めました。

〈それは五十年以上、献身的に私を支えてくれた妻を亡くしたその日からです……〉

薄井さんは一週間ほど、痴呆のように食事もせずに寝たきりになり、周囲を心配させたようです。それだけ悲しみは深かったのですね。そしてある日、何を思ったか突然、周囲の反対を押し切り、土地や住居を売り払い、すべての財産が入った小さなバッグを背負い、運動靴を履いて走り始めたそうです。じっとしていては悲しみに押しつぶされると思い、仕方なく長い間住んでいた土地を離れ、見知らぬ土地に向かって走り始めたのでした。

初めは京都へ向かって国道一号線を、そして、大阪に着くと今度は本州の最西端を目指してと、季節や天候に関係なく、来る日も来る日も薄井さんの目の前に道がある限り走り続けたそうです。もちろん白髪は長髪に、無精髭は伸び放題に、疲れを見せずに走力は衰えを忘れ、走り続けておりました。そして、一年ほど日本全国を走り続けていると、初めこそ狂人と思われていた薄井さんですが、泊まる旅館やホテルでの言動は異状ないため、二年目に入ってもなお全国を走り続ける薄井さんに、次第に低級で無責任なメディアが「平成の山頭火」などと勝手に称して目を付け、追い掛け始めたそうです。にわかに全国的に有名になった薄井さんは、愚かなマスメディアの取材には応じず、彼を利用しようとする馬鹿な政治家や最低なタレントを無視し、無言を通してひたすら走り続けました。その薄井さんの姿に、全国の視聴者は次第に共鳴し、同感して沿道を走る薄井さんの姿に手を合わせ、はたまた神のように思われ、追従者さえ現れたそうでございます。

〈その追従者の方々とは、一度も話したことがありません。したがって、その方々は一方的に私の行動のみを見知って買い被り、誤解しているのです〉

〈そうでしたか。でも、皆さんは薄井さんがいなくなれば、意外にさっぱりして元の自分に戻るのではないでしょうか〉

〈そんなものですか〉

〈人間なんて、そんなものですよ。一時の迷いで誰かに頼ったり利用したりするかもしれませんが、迷いが吹っ切れれば、すっかり頼った人や物を忘れたり、切り捨てたりするのが人間の常です。勝手なものです。だから、それほど気にすることはありません〉

〈なるほど、分かりました。ところで、しばらく見掛けませんでしたが……〉

〈急に上司に報告することがありましてね、天上に戻っていました〉

〈ご用は終わったのですか〉

〈いや、生憎《あいにく》上司に会えませんでしたが、あなたのことが心配になり、急遽戻ってまいりました〉

〈それは申し訳ありません。あっ、ちょっとすみません、誰かの叫び声が……〉

耳を澄ますと、外の颪に乗って確かに誰か男の声が聞こえます。

〈ちょっと行ってみます〉

〈えっ、こんな真夜中に〉

私の声を聞き流して薄井さんが庫裏《くり》の戸を開け、真っ暗闇の外に出ていきました。

しばらくすると、痩せこけた貧相な中年男を連れて、薄井さんが戻ってまいりました。

〈死神様、私の最後のお願いを聞いてくれませんか〉

出し抜けに珍しく神妙な態度で、薄井さんが私に話し掛けました。見ると憔悴した中年男の脇に、病死担当の若い死神が、へらへら笑って立っております。

〈先程この方の身の上話を聞いておりますうち、私ではどうにも解決できず、死神様におすがりするしかないと思いまして……〉

中年男を見るとうなだれ、寒さからか足元が微かに震えております。

〈実はこの方は、癌《がん》に蝕《むしば》まれています。子供はまだ幼く、病弱の妻と母を抱えてまだ死ねないと、私に懇願するんです〉

若い病死担当の死神が、私と薄井さんの話を聞きかじると慌てて手を左右に振り、苦虫《にがむし》を噛《か》み潰《つぶ》したような顔付きで私の干渉を拒否しております。

〈私は天上でどんな仕置を受けてもかまいませんが、どうかこの男を救って下さい〉

薄井さんが手を合わせ、私の足元に平伏しました。私が見えないその中年男は、突然の薄井さんの異様な行動に慌てて薄井さんの脇で平伏し、合掌しております。

〈先輩、この者は私の担当、いくら先輩といえどもあなた様は部外者でございます。ご干渉はほどほどにして下さいませ〉

病死担当の若い死神が、激しく頭《かぶり》を振って反対しております。

〈さて、どうしたものか……〉

薄井影夫さんはただ今、天上に召されるはっきりした意思を私に見せました。さらに、天上でのどんな科《とが》をも受ける覚悟を示し、身を捨てて病者を救おうとしております。私は薄井さんのそんな姿に意気を感じ、若い死神を促し外に出ました。若い死神との交渉はそれほど時間を取りませんでした。

もちろん、若い死神からの代償は高くつきましたが、それも薄井さんのためなら止むを得ません。私は不承不承《ふしょうぶしょう》戻っていく若い死神を送ると、すぐに薄井さんのところに戻りました。

〈交渉はうまくいきました。この人の癌は消失し、回復しましたよ〉

〈えっ、本当ですか。本当にありがとうございました〉

自分のことのように喜び、中年男の手を取り、薄井さんは厳かに告げました。

「お身体はもう大丈夫です。早くご家族の待つお家に帰りなさい」

「えっ、私は、癌は治ったのでござえますか。あ、ありがとうござえます」

涙で顔をくしゃくしゃにして、その中年男は平伏しております。見ると、次第に中年男の顔色に赤みが差し、心持ち肉が付いていく不思議な現象が間近に起こりました。そんな息を飲むような変化を、襖《ふすま》の隙間から見ている坊主頭と数人の男たちの存在を私は知っておりましたが、見て見ぬふりをしておりました。再び彼らは、間近で奇跡を見たのです。薄井さんの存在が神として不動のものになってきたことを、彼らは皆に喧伝《けんでん》するでしょう。それによって今後、薄井さんはどのように行動していくか、実は私の中に一つの期待が芽生えてきたのです。それは、私の死神としての方向付けに関する重要なことでありました。

「さあ、これからは無理をせず、ご家族のために頑張って下さい」

「本当に、本当にありがとうございます」

身体いっぱいに感謝を表した中年男を薄井さんは抱え上げ、戸口に促しました。庫裏の戸を開けて外へ出ると、白々と夜が明けてまいりました。中年男は何度も薄井さんに頭を下げると、小走りに山門を駆け抜けていきます。その背は喜びで満ち満ちており、まるで小躍りしているようでした。

〈無理を申し上げ、本当に申し訳ありません〉

中年男を見送っていた薄井さんが振り返り、私に深々と頭を下げました。

〈今度は私の番です。すぐ支度をしますので、少々お待ち下さい〉

薄井さんは急ぎ奥の間へ入ると、すぐにTシャツと短パン姿で私の前に現れました。

〈いつものスタイルですね〉

〈はい、このスタイルが死出には一番似つかわしいと思いまして〉

少し恥じらいの笑みを浮かべると、皆との別れを告げるのでしょう、本堂の方に頭を深々と下げ、そっと庫裏の戸を開け外へ出ました。そして、再び本堂に向かって寝入っているであろう老若男女のグループに頭を下げ、別れの挨拶をすると、いつものリズムで山門に通じる坂道を駆け下りて行きました。そのとき薄井さんの信奉者の一人の老人が私たちの後ろ姿を見詰め、あわてて本堂に戻っていくのを私は気付きませんでした。

〈これからいずこへ？〉

〈はい、この川沿いの道をしばらく行き、山道に入りますれば、山また山の奥に黄泉ヶ岳、通称姥捨山があります。そちらに行くつもりです〉

〈姥捨山？〉

〈はい、この甲州街道には昔から、貧しい人々の間で役に立たなくなった老人を食減らしのために、山に捨てたという伝説があります。ちょうど今の用済みの私の立場が、その伝説にふさわしいかな、と思います〉

〈薄井さん、そんなにご自分を卑下することはありませんよ。これまで七十有余年、頑張って良く生きてきました〉

〈ハハハハハ、お褒めいただき、ありがとうございます。おや、雪が降ってきましたね〉

いくつかの峠を越え、やがて遥か眼下に人里がまばらに見え、次第に山が深くなり、より道が険しくなりました。これまで辺りに生い茂っていた木々がいつの間にかクマザサや低木となり、岩肌が目立つようになってきました。雪は次第に本格的に降り始め、周りの視界を白一色に変えていきます。

〈伝説では、雪が降るということは山の神が姥捨山に来る老人を歓迎する証だと言われております。とすると、私は山の神に歓迎されているんですね〉

にっこり微笑み、さらに急な岩場をよじ登り、奥山へ奥山へと死地の高みに向かっていく薄井さんに、私がこれまで会った人間とは違う姿を見、なぜか複雑な気持ちになってきました。

〈Tシャツ、短パン姿で寒くありませんか？〉

〈北海道生まれの私です、きっと寒さに強いのかもしれません。それより死神様、あなたは死に行く男にそんな言葉を掛けて、本当は優しい方なんですねぇ〉

〈…………〉

〈さぁ、そろそろこの辺でいいでしょう〉

風が強くなり雪が下から舞い上がり、地吹雪のようになって視界が狭まってきました。いくつかの岩場をよじ登ってくると、いくらか平坦な場所にたどり着きました。時折風の息で視界が裂け、周辺の眼下にいくつかの峰が見えます。

〈どうやら頂上のようだ〉

呟くように独りごちると、薄井さんは背負っていたバッグを降ろし、中からシートと薬袋、そして、水の入ったペットボトルを出しました。見ていると、雪を払った土の上にシートを延ばして腰を降ろすと、再びバッグの中に手を入れ、琥珀色の液体の入った瓶を取り出し、笑みを浮かべて私に見せました。

〈これは今日のために用意したスコッチウィスキーです〉

〈お強いのですか？〉

〈いえいえ、私はからきし酒は弱いのですが、妻が人との付き合いには必要だと、練習用に家で飲むために買ってくれたんです。もっとも私は、付き合い酒などの機会は一度もありませんでしたがね〉

屈託なく笑いながら睡眠薬らしい錠剤を薬袋から取り出し、手の上に山盛りにしました。ウィスキーを飲み、同時に睡眠薬を飲んだ上にあの軽装です。この寒さの中で眠り込めば、確実に凍死するはずです。

〈やっと皆から解放され、独りになりました。私は実質の伴わない上辺だけの生き方、虚飾はいやです〉

薄井さんが満足そうに微笑みました。天上へ旅立つ薄井さんの、貴重な最後の時間を独りで過ごさせてあげたいと思い、私は少し離れた場所に彼から背を向けて立っていました。しばらくすると背後で、ウィスキーでむせびながらも睡眠薬の錠剤を次々に飲み込んでいく薄井さんの気配がしました。

私が振り返ると、薄井さんはおもむろに横たわり、手を胸に合わせて目を閉じました。雪はいよいよ本降りとなり、たちまち薄井さんの体に積もり、Tシャツ、短パン姿がたちまち真っ白な死出の装束にとって代わりました。しばらくすればますます体温が低下し、血流、心臓の動きが弱くなり、凍死状態になります。その後、寒さで硬直した肉体から薄井さんの霊が遊離し、そのときが私の出番になるのでございます。

〈君、ちょっと〉

突然、背後で私を呼ぶ声がします。こんな僻地で私を知る人などいないはずです。私は驚いて振り返りました。

〈あっ！〉

古色蒼然たるマントを身に着け、古木の杖をついた私の上司が目の前にいたのです。天上であれほど捜していた上司が目の前にいたとは、私は目玉が飛び出すほど驚きました。

〈な、なぜこちらに？〉

フードの奥の皺が深く刻まれた顔が、珍しく微笑んでおります。

〈理事長がお前さんを捜していてねぇ。随分捜したよ〉

〈それは恐れ入ります。して、理事長がなぜ私めを……〉

〈年次総会でお前さんを表彰したいんだ、と〉

〈滅相もありません。罰せられることはあっても、表彰されるなんて〉

〈儂もそう思った。お前さんには死神としての資質が欠けていると思ったのじゃが、査問委員会の面々は天上世界のほかの神々との交流があり、特にお前さんは天使たちの間では評判が良いそうだ。内容は深くは知らないが、お前さんは若い者たちの規範となれるそうだ。つまり、最近の若い者たちは深い考えもなく、どこかの警官が検挙をノルマのように考えるように、天上に召し上げられればいいという風潮が見られる。お前さんのように、その人間の事情や環境を斟酌《しんしゃく》しない、まったく今どきの若い者たちは情なしというのかねぇ〉

〈いえ、その……〉

〈ともかく、おめでとう。私も優秀な部下を持って幸せだ。では、行くよ〉

〈あっ、あの。私は今、仕事中なのですが……〉

私は振り返り、すでに雪が降り積もり雪ダルマのようになった薄井さんを指し示しました。

〈君、時間がないんだ。そちらの方はいいよ〉

〈いえ、それでは私の仕事の責任上……〉

〈君、こっちに来たまえ〉

〈あれあれ〉

私は上司に促され崖っぷちに立って下を見下ろすと、驚きました。アリの行列のように、坊主頭の男を先頭に薄井さんの信奉者だった老若男女のグループと多くの村人たちが、何かに憑かれたようにしゃにむに険しい岩場を、猛烈な速さで登ってきます。

〈あの状態では、お前さんの仕事は中止せざるをえないだろう。分かっただろう、さぁ、総会に遅れては私の失態となる。さぁさぁ〉

私は上司に急かされ、慌てて天上への光の道を歩み始めました。

「おお、上人様、いたぞいたぞ。こちらにおられたぞ」

「上人様、上人様、おおお、おいたわしや」

私の背後で、人々の叫び声が風に乗って切れ切れに聞こえてきました。

〈君、元気を出しなさい〉

私はまたまた仕事を最後までやり遂げることができませんでした。私が気落ちし落胆していると、上司が気にかけて声を掛けてくれました。

〈古い昔の話だが……〉

天上への道すがら上司はしわがれた声で、ある話を始めました。

〈約二〇〇〇年ほど前の西欧の話じゃが、ちょうどお前さんの上を行くような、破天荒《はてんこう》な死神がおった。

その先賢は虐《しいた》げられた民族や弱者、貧者に寄り添い、宗教を通して彼らの精神的な支柱になろうとしたひとりの若者に注目した。ある日、その若者が時の権力者に迫害され、十字架に磔《はりつけ》の刑に処せられたとき、死神としての大罪である掟を犯し、その若者の命を蘇らせ、さらにはその先賢もいくつかの奇跡の手助けを行ったということだ。その先賢は身を捨て、己の信念を貫き通したんだな〉

〈して、その先賢様はその後どうなされましたか〉

〈お前さん、それを知ってどうする〉

〈……〉

〈お前さんはまだ若い。死神という枠を超えて勇気を持ち、信念に生きたらどうだろう。確かに魔界に落ちる危険はあるがなぁ〉

私は上司の声にふと下界を振り返りました。多くの信奉者に介抱された薄井さんの目が突然開き、救いを求めてこちらを見詰めているのは、私の思い違いでしょうか。


時が経つのは早いものでございます。薄井さんとお別れして早や三ヶ月が経ちました。その間、私はもちろん私の仕事をそつなくこなしておりました。ただ、薄井さんと最後に山頂でお別れしたときの、私に救いを求めていたあの人の眼差しを忘れることができずに、ずっと気に掛けておりました。私はあのころ、薄井さんを身代わりにして私の想いを賭けてみたかったのです。そして、事半ばにして私は上司に従い、天上に向かったのでございます。だが、日増しに気になるその後の薄井さんの生き様を知るため、私はまたしても死神界の掟を破り、再び娑婆に降りてまいりました。それは上司の、

〈信念に生きたらどうだ〉という言葉に押されたのでございます。

薄井さんを捜すことは、困難を極めました。なぜなら薄井さんは自殺、自死のシグナルを送っていないからです。それでは薄井さんは、自死を断念したのでしょうか。そして薄井さんの、いや私の想いが通じ、救いを求める人々の精神的な支柱になっているのでしょうか。私は毎日のように中空を彷徨《さまよ》い、薄井さんの足跡をたどっておりました。そしてその日、思いもよらぬ場所で、聞き覚えのある薄井さんの読経の声をかすかに聞いたのでございます。

そこはあの荒れ寺から近くの山腹にある、崖を削った粗末な祠《ほこら》から聞こえておりました。祠の中には、ぼろ切れを身にまとい、痩せ衰えた薄井さんの姿がありました。

〈薄井さん〉

私は一心不乱に祈る、ひと回り小さくなった白髪の薄井さんに声を掛けました。

〈あっ、死神様ですね〉

わずか数ヶ月後の再会でしたが、げっそりと痩せ、全身に傷を負った薄井さんが、くぐもった声で力なく顔を上げました。薄井さんが私の存在を知っているということは、すでに彼は霊界に半分ほど浸《ひた》っているのかもしれません。

〈どうしました。とてもお痩せになり、それと体中が傷ついて〉

〈大したことではありません。これも自業自得《じごうじとく》です〉

〈どういうことです？〉

〈ハハハハハ、なんでもありません。すべて私が悪いのです〉

そのとき、下の道からこの祠に上がってくる足音がしました。

「お上人様、お水とお食事をお持ちいたしましただ」

見ると、奇跡で子供の命を救われた村の女でございます。その後を病死専門のあの若い死神が、そろりそろりと神妙な顔をして入ってきました。

〈あっ、先輩、ご無沙汰いたしております。その節は死神大賞を受賞なさり、おめでとうございます〉

〈君、ちょっと話が〉

村の女が薄井さんのお世話をしている間、私はその若い死神を外に促しました。

〈君がついているということは、薄井さんの病死が近いんだね〉

〈はい、かなりの傷を負っておりますので〉

〈傷？〉

〈はい、大勢の人々に蹴られ、殴られ、踏みつけられましたからねぇ〉

〈それはまた、どうして？〉

私は、あの慎重な薄井さんが大きな落ち度を犯すなどとは、信じられなかったのでございます。

〈先輩、あのとき薄井さんの付き人のようにまとわりついていた、坊主頭の男を覚えておりますか〉

〈ああ、薄井さんが盛んに遠ざけていた坊主頭だね〉

〈はい、あの男が、薄井さんを信奉する老若男女のグループのリーダーとなって、あの荒れ寺で薄井教を創設したのです〉

〈弱き者への精神的な支柱、あるいは貧者への浄財の喜捨《きしゃ》とか、救いの手を差し伸べるためにかい〉

私の理想とすべき行動を、薄井さんはすでに起こしていたのでしょうか。

〈いえ、その反対です〉

〈えっ！〉

私はその若い死神の言葉に大きなショックを受けました。

〈あの山の頂上で寝たきりになった薄井さんを幸いに、奇跡を信じてやって来る信奉者たちから大金を強要し始めたのです。中には家や土地、財産を売って身内のために献金した者もいるそうです。しかし、このことを薄井さんは全く知りませんでした。そして、薄井さんは再三拒否したのですが、勝手に約束を取り付けた坊主頭の意向で、仕方なしに奇跡のお祈りをしますが、当然、奇跡は起こりません〉

やはり私が心配していたことが、現実になってしまったようです。

〈それで、どうして薄井さんがあのような傷を？〉

〈はい、初めこそ奇跡を信じた信奉者たち、あるいは頼み人たちは、奇跡を起こさない薄井さん、そして、大金を貢がされた薄井教に次第に疑いを持ち始め、大勢で信を問うため押し掛けて来たのです。しかし、代表で寝たきりの薄井さんには何も知らされておらず、代弁者の坊主頭の男とグループの何人かは、すでに大金を持って雲隠れした後でした。それを知った群衆は騙されたことに気付き、暴徒化して本堂を破壊し、薄井さんに襲い掛かったのです。大勢の人々に襲われた寝たきりの薄井さんは、たちまち血達磨のようになりました。しかし、幸いなことに村人の連絡で警官隊がやって来て、薄井さんの一命は救われたのです。だが、薄井さんの死期は一日一日と近付いております〉

〈そうだったのか。しかし、君はよく薄井さんの一部始終を知っているねぇ〉

〈先輩が薄井さんの担当を外れた後、蘇生した薄井さんはすでに内臓がかなり痛んでおり、時間の問題でした。その後、私が担当を命じられたのです〉

〈それで私が去ってから後、ずっと薄井さんを見守っていてくれたのか〉

〈はい〉

私は、自責の念に駆られておりました。私の思いが、理想が、理念が、薄井さんに重ならなければ、こんなに薄井さんを苦しめなかったでしょう。私が薄井さんに出来る最善のこととはなんでしょう。私は自分の思い上がった思い付きから、あれほど自死、自殺を懇願していた依頼者を無視して私の理念の成就に加担させ、結果的にはひどく傷付けてしまったのでございます。私の行為が、今年の死神界の最高の栄誉である死神大賞を取ったなんて、おこがましくて誰にも言えません。まったく最低で、穴にでも入りたい気分です。

〈ちょっと、君〉

〈はい〉

若い病死担当の死神が、私の猫なで声に反応して訝しげに顔を向けました。

〈私がただ今から、薄井さんの担当を引き継ぐ〉

〈そ、そんな無茶な。天上での決裁を否定することになりますが〉

〈分かっている。私が罪を一身に背負う〉

〈死神大賞を取った偉大な先輩が、天上界最大の掟を破るなんて……〉

若い死神は目を丸くし、痴呆のように私を見詰めています。

〈ともかく、君は天上に戻り、私の横暴な行為を上司に報告しなさい〉

〈はい、しかし、先輩は死神界から永久追放されるかもしれませんよ。もう一度お考え直しを〉

〈私は信念通りに行動する。分かったら早く行きなさい〉

〈えっ、は、はい。しかし、名誉ある地位の先輩が一介の依頼人のためになぜ……〉

若い死神は、しどろもどろに再び説得しようとしてきます。

〈ええい、くどい。早く行きなさい〉

〈は、はい。それでは……〉

私の怒りの形相に恐れをなしてか、若い死神は後ろを何度も振り返りながら天上に戻っていきました。

死神大賞など糞喰らえです。薄井さんを無事、奥さんの待つ天上に召すことが、私の薄井さんに対するせめてもの罪滅ぼしだと思います。後は野となれ山となれです、たとえ死神界から追放され、魔界に突き落とされたとしても、後悔はしません。私は再び薄井さんのいる祠に戻りました。ちょうど村の女の介護で食事を終えた薄井さんが、祠を出ていく女に礼を述べておりました。

〈あっ、死神さん、どこかおいででしたか〉

〈ちょっと野暮用で……〉

〈ああ、あの若い死神さんとお話ですか〉

〈ひょっとしたら、薄井さんはあの若い病死専門の死神にお気付きでしたか〉

〈はい、三ヶ月ほど前から私の傍におりましたねぇ〉

〈それでは、すでに病死を意識したんですね〉

〈はい、しかし、なかなか思ったように死ねないものですね。可哀想に、あの若い死神さんは暇で時間を持て余していたご様子です〉

〈ハハハハ、そうでしたか〉

〈ところで、死神さんはなぜ私のところへ？〉

〈私の我が儘を押し付けてしまい、お詫びに伺いました。そして、私は薄井さんを無事、天上で奥様にお会いできますように手助けをしたいと思いまして、再び伺いました〉

〈えっ、本当ですか。本当に妻に会えますか〉

〈もちろんです、私がご案内いたします〉

〈良かった、感謝いたします。私が皆を欺《あざむ》き、不幸に陥れた罪は深く、とうてい妻とは違う世界に行く身と思いました。これも死神様のお陰です。本当にありがとうございました。すぐに支度をいたします、少々お待ち下さい〉

体を動かすのもやっとの様子でしたが、薄井さんは唯一の私物の背負いバッグを奥から引きずって来て、中を探っております。

〈妻との思い出深きウィスキーの瓶と、常備薬の睡眠剤です〉

私が訝し気に見詰めていると、薄井さんは一つ一つ説明してくれました。

〈それでは、お世話になります〉

薄井さんが私に深々と頭を下げ、姿勢を正しました。いよいよ薄井さんが死への準備を始めたのを感じ、私は静かに祠の外に出ていきました。麓の村に目をやると桃色の鮮やかな桜の木々が……。この地を初めて訪れたときは雪でしたので、季節の移ろいを感じさせます。ふと、あの荒れ寺辺りに目を移しますと、あの若い死神が話していたように残骸があるばかりで、当時の本堂はすっかり見当たりません。

〈死神様、お待たせいたしました〉

弱々しい薄井さんの声に私は振り返りました。そこには、すでに霊界に入っている薄井さんの姿がありました。

〈それでは、奥様の待つ天上にご案内します〉

私は薄井さんの手を引き、いつものように天上を見上げました。その一瞬、私は初めて大神に祈りました。すると、いつものように天上から光の筋が真っ直ぐ私たちに向かって降りてきます。そして、その光は次第に太くなり、やがてその光が私たちの全身を包み、いつものように天上に召されていきます。私は内心ほっといたしました。大罪である死神の掟を再度犯した私ですから、今度こそ上司たちは、私の行為を決して許してはくれないと思っていたからです。最愛の奥さんに会える期待で胸いっぱいの薄井さんとのお約束を果たした後、私はどんな罰でも受ける覚悟でございます。

天上に昇ってどれほど経ったでしょう。目の前の霞《かすみ》が晴れてくると突然、新緑の森の中を私たちは歩いておりました。しばらく行くと、せせらぎの音が微かに聞こえてきます。樹々の間から陽の射す向こうを見ると、泉に数人のニンフが沐浴《もくよく》しながら談笑しております。私たちが近寄っていくと、そのうちの一人が振り返りました。

〈あっ、和代〉

並んで歩いていた薄井さんが、思わず声を上げました。薄井さんに気付いたそのニンフは満面に笑みを湛え、両手を上げて駆け寄ってきます。私は再会するふたりの喜びの声を背後に聞いて、上司の元に急ぎました。

ところが、上司に会う前に私の顔は知られていて、覚悟はしておりましたがたちまち警備の者に拘束《こうそく》され、城塞の石牢に入牢《じゅうろう》させられました。そこは漆黒《しっこく》の闇で、外部の音すら聞こえぬ静寂《しじま》の世界でした。いよいよ私の裁判が始まるのです。しかし、私はすでに観念していたので、心は平静でした。

そして数日が経ったある日、突然、石牢の扉が開き、光とともに私の上司が入ってきました。

〈お前さんの罪は重大である。だが、死神大賞を授《さず》かったお前さんを天上の大神が哀れと思し召し、特別に長い道程の果てに、先賢のお住まいになる魔界へ落とされることが決定した。もしかすると、二度とお前さんと会えなくなるかもしれないが、お前さんの信念とやらが本物かどうか、荊《いばら》の道となるかもしれぬが必死に生きてみよ〉

慈愛のこもったその言葉を私に残して、上司は石牢を去っていきました、そして数刻後、私のいる暗黒の部屋の床が突然抜け、私は下に下にと暗い奈落の底へ落ちていきました。途中で人物や建物、動植物、自然の景観が次々と世紀・時代を経て、フラッシュバックとなって私の目の中に飛び込んできます。それが永遠に続くかと思われるほどの長い道程でした。

「プリンセス、あちらからパピルスのカゴに入った赤ん坊が流れてきます」

遠くから微かに女の声が聞こえ、突然、私は長い長い闇の世界から明るい陽光の世界・魔界に突き抜けてきました。辺《あた》り一面、川のせせらぎの音が聞こえます。

「あの坊やを救って」

若い女の声がすると、私はすぐにたぐり寄せられ、誰かの手によって救われたようでございます。

「なんとかわいい……」

老女らしいしわがれ声の女から、やがて柔らかな豊満な胸に私は抱かれました。

「プリンセス、どうやらこの赤ん坊は……」

「そうよ、ナイル川の神が私に授けてくれた赤子よ」

私はゆっくり目を開けました。目映《まばゆ》いばかりの陽光が天上から注ぎ、その褐色の柔らかな胸の若い女が、優しい眼差しで私を見詰めております。


〈了〉

著者紹介

永井治郎（ながい・じろう）
東京生まれ。明治大学文学部卒業後、アメリカ留学。その後世界を一周し、帰国。出版社の編集を経て英語塾を開設。四十五年間、英語指導および塾経営に携わり閉塾後、本格的に執筆活動に入る。その間に、オーストラリア（グレートビクトリア砂漠縦断）、ニュージーランド南北全島（バイク一周）、アメリカ（縦・横断1万4000㎞）、中近東、ヨーロッパ全域、アフリカ（キリマンジャロ山登頂）、アジアなど、主として自然を中心とした世界遺産を訪問する。

お呼びでしょうか

—私は死神でございます—

著　者　永井 治郎
発行日　2024 年 5 月 15 日
発行者　高橋 範夫
発行所　青山ライフ出版株式会社
〒 103-0014 東京都中央区日本橋蛎殻町 1-35-2
TEL：03-6845-7133
FAX：03-6845-8087
http://aoyamalife.co.jp
info@aoyamalife.co.jp
発売元　株式会社星雲社（共同出版社・流通責任出版社）
〒 112-0005 東京都文京区水道 1-3-30
TEL：03-3868-3275
FAX：03-3868-6588
カバー絵　HIDEKO
装幀　溝上なおこ
印刷・製本　中央精版印刷株式会社

ISBN978-4-434-33561-7